里下河生态文学写作计划丛书

调色师

姜　桦◎著

中国民族文化出版社

北　京

姜桦，笔名阿索。江苏响水人。诗人、散文家。

20世纪80年代末开始创作，出版诗集、散文集多部，获"紫金山文学奖"等奖项。

中国作家协会会员。

现居盐城。

我已经把什么都经历

——代　序

我已经把什么都经历——
生活，爱情，酒和二手烟
那藏在文字里的孤独和苦难
把什么都经历，我已知天命

现在开始，我已不需要太多
要，也仅仅只需要一小片
一小片药物，一小片回忆
一小片忧伤，一小片自责
一小片，仅仅是一小片
稍大一点点，都是多余

一小片。一点点麻醉，腐蚀
让那只虫子掉头，不再咬你
让那片阴影停住，不再喧哗
一小片回忆，是最早或从前
你的歌，值得我一直去倾听
你的笑，足够我一生去回味

因为不慎给彼此带来的伤害
针尖那么大，也会足够地疼

因此，我请求你的原谅和宽恕
不要太多，也只是那么一小片
一小片，足够我去沉思、忏悔
生命恰在旦夕，日子过到今天
一切赞誉和诋毁都不重要
一小片，我只想提醒自己
温情，慰藉，错爱，虚伪，破碎
这人世间所有的风雨冷暖
一切，我，都已经经历

世界那么大，我只要一小片
幸福那么多，我只取一小片
一小片的药物，一小片的回忆
一小片温暖的阳光和微笑
一小片无言的谅解和祝福

姜 桦

2019 年 12 月 25 日，改旧作

目 录

第一辑　中年赋

第二辑　故乡辞

第三辑　春风祷

第四辑　远方书

第一辑　中年赋

风声穿过长夜

风声穿过长夜。除去纸上笔墨
我听见你留在梦里的心跳

从来都不是一个喜欢回忆的人
一直处在死亡的战栗中

那么多的经历，那么多的人和事
并不遗憾我是你最早遗忘的部分

多年以后，很多面孔都将消失
所有热闹的文字都不再活着！

七月呼啸。一地雨水下落不明
我所在的位置并未有太大改变

唯有剩下的日子！一切多么美好
和每个人相见，都像久别重逢！

光明的背面

不必转过山坡
一个人内心的黑暗早已存在
否则他写不了那么多光明之诗

星星，大海托不住的沙砾
被抛弃，才更需要一份温暖
不断被伤害，一直在歌唱爱情

用鲜血浇灌墙角那一株玫瑰
太阳沉下去，月光铺满海面
他不停地写着——远方！

大海的背面永远不会消失
大面积的蔚蓝，那片深渊
即便你从不愿意将它说出

风将一个人运了过来

趁着夜色，风将一个人运过来
在黑暗中吃力地哮喘、咳嗽
头上缠满雪花，那个人
离我只有几步之遥

在冬天的边缘，一个人被运过来
我能感受到他皮肤冰冷的触碰
灯光昏暗，风在最后的树叶上翻动
在一张空白的稿纸上挣扎
生命抽搐，地上留下血水

趁着夜色，风将一个人运了过来
仅仅运来肉身而忘记了灵魂
哦，风没有主张，并不能
决定是否将自己留在这片大地
留下一个人，他可有可无的痕迹

秋日访友

看一位病中好友
并没给他太多的安慰
我们都是病人
刚刚在另一所医院分别

几十年，生活在同一座城市
走过熟悉的道路，接受
一样的阳光、空气、雨水
以温暖的文字，彼此慰藉
移开脸上逆光的刀疤，这秋天的午后
谁将干净的云彩撒出天空
拎起空空荡荡的衣袖
一绺脱落的头发，让你
交出人生的全部底牌

几枚落叶停在慌乱的马路
哦，时间，冗长的生活！
它治好了我愚钝鲁莽的坏脾气
也一并抹掉了我对人间罪恶
应该保持的最后一点点警觉

词有误

一个月之内，两个朋友相继离世
他们被疾病带走，得的都是癌
一把手术刀，打开破旧的胸腔
切除掉整个病灶，依旧
没留住他们的生命

向遗体告别，没有眼泪也没有哀伤
几十年，我在这座城市生活、奔波
飘舞的粉尘早已吸干我的泪水
一副缺失水分的皮囊
挂在大风吹动的树上
面对暴露在外面的骨头
我拒绝说出自己的伤痛

又一株古树被移走，古桥被放平
类似于我多年前隔窗看见的一场手术

咳 嗽

咳出雾霾的早晨
咳出一个个下午和黄昏
咳出满天寂寞闪耀的星星
中年，一段慢下来的水声

咳出半树梅花、稻田和麦茬地
咳出一棵棵弯曲的老树根
树皮剥开，葵花带着回响
一直绕到老家的祖屋后面

咳出盐、眼泪，咳出血
那殷红而粘稠灼烫的血
我脚下的这一小片土地
火炭一样，焦灼、炽热

咳出松柏、草根、马蹄
咳出一座冰冷低矮的坟头
四月春风之夜，野麦地里
传来一阵阵长长的猫叫
父亲母亲佝偻的腰板
弯向埋着亲人的墓地——

黎明之前

撤回天空、头顶的星辰
那些露水已经从天空中滑落
月亮如坟头，倒扣在苍茫大地
一堆黄土，昨天还捧出粮食
今天，就要堵住我们的嘴巴

抹掉骤雨、闪电和风声
那条河滋养过多少庄稼
那片云模仿过多少舞蹈
风，带动累累晃动的果实
上弦的月亮，镰刀一般落下
竟没给大地，留下半点创伤

生活，一本彩色歌片做的练习册
记录下诗歌、爱情、死亡
花园拐角处的那一道阴影
省略掉一代人的迷茫和孤独
他们对这个世界所寄予的
最后的悲悯、期待和祝福

别让我活到暮年

有些事我并不乐观，比如
健康、明天、美好的未来

不愿意给人生做太长久的规划
谁能说准自己一定能活到暮年

明天的事情你无法说清
未来，一切都近于未知

还有那些承诺，那些诗和远方
黄昏夕阳，一起去散步、看海

火焰，在燃烧，时间，在消逝
我，一个诗人，有先天的神经质

我并不急切地憧憬未来
更不指望一定能活到暮年

衰老，疾病，追忆中布满歉疚和忏悔
没辜负的，唯有和你在一起的时光

死在人间

这四周多么安静
鲜花围绕透明的玻璃
一个人躺在那里
满脸胡须刚被修剪
头发也被认真梳理过

前排有人默默抽泣
后面有人低声哀叹
每个人都那么小心翼翼
响起一段哀伤的旋律
那音乐被无数次用过

几个人依次移步上前
除了叹息着引用了
我写给一个人的诗
对我这一生的总结
徒有形式，毫无创意

重新站回到漆黑的人群
为了能够再一次看清一些
真实的面孔，我穿戴整齐
故意将死亡提前演练一遍

完　成

头顶落日和树枝的花冠
几个抬棺材的人，走在
一条寂寞荒凉的道路上

他们要把这黑暗送到哪里去？
他们是否意识到：风，轻了
那些星星和云彩的脚步乱了
黑色的闪电擦过陡峭的山坡
一个人，哭泣，却没有眼泪

头顶花冠，用一只木头房子
装下一个人渐渐稀薄的笑容
几个抬棺材的人突然唱起歌来

将一个人，从这里运到那里
他们竟然能用一阵歌声
彻底完成一个人的命运

春 天

整个春天，我都在读一本
厚厚的《死亡日记》
每一篇每一页，都有一些
被故意遗漏掉的细节

那些被夜色收走的星星
被恶魔半夜抓走的小孩
那一头彩色蜡笔画的矮脚象
那一场犬牙交错的暴风雪

黑暗中高举火把的朗诵者
那站在房顶上的吹号人
他的呼喊、泪水、被割断的喉咙
早晨的霞光，正灌满他的胸腔

只留下一座光秃秃的山头
那一树树没有花朵的枯枝
只留下那张面目狰狞的蝙蝠图
一只挂在城墙的白色口罩
因为一场变故而无人认领

追 问

这个春天，我学会
最多的就是追问——
月亮为何长出蝙蝠的翅膀？
太阳为何被海水锯掉一半？

一棵树为什么一直不开花
奔涌的大海为什么没有浪头
天空的颜色何时被闪电篡改？
石头滚下山谷，为什么没有回声？
一只手习惯拍向另一只手
为什么绝不打向自己的脸

为什么高举的火把能赶走狼群
却赶不走一只彻夜叫唤的熊罴
既然，一场风暴掀翻整个屋顶
为何不一并带走大地的伤口？

我的追问仅仅只能到这里
一切尚未结束，所有结果
都不可能由我来决定

生活诗

春天你盯准一只无头无脸的鸟
夏天记住那一阵阵紧张的蝉鸣

秋天的头顶飞过没有翅膀的雁
冬天用雪花盖住那伤口和嘴唇

安宁的村庄你遇到的少年的我
寂静的山谷留住那青草的回声

在干净的衣领捡到的散乱的头发
一个女人的日记写满了谁的伤痛

黑暗的天空为何突然被星星绊倒
一块黑布怎能蒙住你探寻的眼睛

不仅仅这些——
那曾经细腻的手掌摸到的坚硬的刺
一块木头，谁早早刻好了我的姓名？

指　证

一粒乳白的药丸突然停住
指证一场突如其来的悲伤

一粒药丸，它破碎的光芒
类似一撮随风泼洒的烟灰

一间巨大而空旷的病房
床头的卡片插得一丝不苟

医嘱潦草，简短，却能
点到一个人的——死穴

我经历的这些年，太阳
从来只给我一半的光影

黑暗的一面，用来回忆
明亮的一面，留着惊悚

致 歉

向镜子致歉，请原谅我
时时戴着这厚厚的面具
生活中的人物形形色色
我不得不时刻以破帽遮颜

向爱情致歉，请允许我
收回曾经说过的那些誓言
既然这世界无法永恒，我希望能和你
坐在一起，将一盏新茶，慢慢喝淡

向太阳和黑夜致歉
原谅我曾经用星星偷换掉泪水
致歉白大褂的医生，原谅我没能
完全按照你开的处方，用药、治疗
毫不顾忌在心底留下一道阴影

最后，致歉生活
一辈子的敲击打磨
我满身伤痕，终于
没成为你的掌中之物

人到中年必有虚妄

人到中年必有虚妄
一个人端坐在午后的阳光里
怀抱一把老吉他，反复
唱着支离破碎的生活

多少次，在一段看似无关的文字里
和一个人相逢，窗外山坡，野花开遍
巨大的风声里，有人在谈情说爱

早已远去的乡村、萤火虫提灯的童年
两只鸟飞进树林，带走金黄的谷粒和食物
大河湾，阳光压断的红高粱
爱情蓬勃生长，散发着野性

人到中年必有虚妄
虚妄到无所适从、无所事事
最终又不得不停下手中的活计
哦，接下来，好时光，都消逝

蝉鸣流水。时辰已过午后!
枝头树叶翻卷、风声窘迫
站在山坡，眺望一个人渐渐远去
我一边流泪，一边写下那哀伤绝望之诗

被时间追赶的

二十年前，独自远行的途中
突然出现的第一根白头发
多么使我惊讶，我不会
将它直接交给流水

那个坐在江边的微雕师
左边的眼睛上架着副小眼镜
将一个人的名字刻进白发
身边山上的树都绿了

青山在，流水长
时间成为一把巨大的筛子
把带着露水的记忆留在上面
一些名字早已无影无踪

岁月从来都不会隐瞒自己的态度
多年后，江边雪浪拍打沙堤
一堆白发挤满了双鬓
一个事件早已成为故事

梦　见

梦见向日葵高过故乡的屋顶

母亲绣花的头帕

梦见八月，天空铺满亮灿灿的黄金

——比江河更远，比山峰更高

夕阳缓慢沉落

葵花用金字刻着你祖国的姓名

梦见百花高过透明的露水

那片草原、那片晚霞

黄昏的指尖高擎落日的棕红火焰

——面对土地，我知道花朵的来历

三缄其口，我终于没说出

像葵花，不轻易说出大地的疼痛

殷殷的祖国，黄金的祖国

金黄葵花如一面面明镜

静静地置放于大河两岸

——阳光的反射下我看见蜥蜴

夏天巨大的阴影

从我古老的村庄上空走过

曾 经

一切完美和缺憾都是可能的
一场爱情没开始就已经结束
漫过沙滩的流水，滑腻、柔软
在一片白浪中寻找时间的贝壳
谁能把所谓的"永恒"留住？

爱、时间，熟悉的词语青草般新鲜
我感受到的石头对流水的拥抱
绵软、细微，在，又像不在
但它是真实的，正如我所感受到的
秋风——哦，一个过程越来越紧

我所从事的工作

我所从事的工作是剪草机的工作
锐利的牙齿，一副烂不掉的胃
将一切荒芜的杂草——剪平
我剔除不了埋在地底下的根

平常日子里的平凡工作。
剪草机，和我有着同样的履历和表情
但我似乎不关注这些青草的名字
脚下的草屑已经使生活变得琐碎
草莽的气息，我已经学会
忍受岁月由来已久的创痛

我所从事的工作，一台剪草机
时代的记忆就这样被草草切断
你听到的声音不是我发出来的
甚至，从来就不曾出自我的嘴

短　刀

一把短刀
有其不确定的两面
更多的时候，它习惯于
收藏起锐利的刀锋

六月，石榴花朵绽放
雨水的果实还没长成
一个女孩歌唱着从窗前经过
三个月，我持续低烧
一场咳嗽，愈显剧烈

许多年，一把短刀
在黑暗处闪着光亮
用它铲土、剔骨、削铁
一辈子，这一把短刀
曾经误伤过多少人

许多年后，一把刀
终究会被束之高阁
那曾经手持短刀的人
早已经不知了去向

每　天

每天都会踩到一些碎玻璃
爱情的，生活的，时间的
久远的事物沉溺于一场梦幻
许多脸庞，大多已变得陌生

对面楼上，那扇窗户常年紧闭
什么时候突然被一阵风打开？
在风中飘舞、星光下晃动
一些细节被一条窗帘所放大

生活是一面巨大的磨砂玻璃
一根根手指的反光长短不一
那条窗帘飘动一直没落下去
一个人，紧抓着楼梯的扶手

每天夜里都会遇到一些故事
领着你，摸索着一步步朝上走
今年春天，所有事件都毫无预兆
一旦开头，就已经注定了结局

靠　近

靠近那头发，雕花祠堂的拱门前
你的发簪挑破梅花，靠近那眼睛
我侧身而来，提着萤火虫的灯笼

靠近那朱唇，一条来自海底的鱼
接近海滩的刹那，突然掉转身
腹部朝向水面，剩下这张嘴
吐着海水收藏的沙砾

靠近脖颈，你的肩胛藏着尖锐的钢钉
靠近你的腰部，你芒果般下垂的小腹
昨夜，生出一河带斑纹的星星

靠近你的手，你细长的指甲
翻转过多少盛开的花朵
你手指绑着的石头、那被压碎的心

靠近那条小巷。今年的第一场雪
我听见头顶的树梢不停滚落的碎片
僻静的拐角，雪花在一根绳上写字
清晨，又被拎出光滑的井沿

写 诗

写诗，在生活的蒺藜上取蜜
手被针扎过，皮肉被刺划过
我一直怀有月亮的虔诚之心

写诗，为一块腐肉找到归属
我活过，活着时就已经死去
一个苦难的灵魂被重新命名

模拟与一朵野花交换美意
生活，一场无法逃避的苦难
我说过最多的谎言就是爱你

我的灵魂早已不在身上
离家多年，我早已没有故乡
早已找不到一个埋葬自己的地方

写诗，套用一些被颠覆的真理
将别人写过的字词用自己的语气说出
在石头上写下名字，往事已成废墟

还 原

所有的焦虑、期许、等待
都只发生在别人的世界
无法还原的事物的真相
那些花，每一朵都是假设

能还原爱情的，只有泪水
能还原远方的，只有歌声
能还原天空的，只有闪电
能还原伤痕的，只有时间

那一场阵雨中飘动的彩虹
那深秋季突如其来的雷霆
我，必须看见那太阳和月亮
才能说准生活的正面和反面

用疼痛，说出带血的伤口
用眼睛，剔出一堆白花花的骨头
天空布满雪花，我必须盯着你的脸
才能说完这人世的沧桑

时间之灰

整整一个夜晚，我的目光
缠绕在一根半透明的线上
一支烟抽出时间的丝缕
再细，也能将我勒死

看见那风雨搬运的雷电
你在一根绳子的尽头旋转
看见一个老人的胡须，从一棵
百年榕树的顶端垂挂下来

一块石头运来一大片雨水
被我的胳膊甩出去一滴
被时间之沙掩埋掉一滴
剩下的一滴，挂在颤抖的树叶上

整个夜晚，陷于一支烟的包围
旋转，旋转，停在半空的时间之灰
一个人，不会比一片天空低矮
一座大楼，不见得比一口棺材更高

指　认

这人间！这世间！！
这条蛇形小路上颓然挫败的沙砾
那风声里急剧爆裂的金色草籽
阔大的滩涂，一条破旧的沉船
夕阳里猛然窜起一只浴火之凤

天空，一千匹马鬃毛褴褛
十月芦苇，举着破碎的云
浅滩的淤泥、河底的碎石
海堤外面，沉入水底的夕阳
翅膀突然铺开绛紫的秋天
哦，告诉我！快告诉我
那湖水的干涸、云彩的隐遁
谁将名字竹签一样插进我的血肉
谁，将一个人的命领进了我的命？

仅仅，为了指认鸟的飞翔、鱼的游弋
云彩空出天空，流水腾开河床
我拱手交出的，除了爱情的真相
就是这逐步孤寂、黯淡的暮年

又一天

月亮带走了露水、田野和小树林
带走村头河面上飘散的雾气
一颗渐渐暗下去的星星
一个老人，再不会重现

带走一匹红绸缠绕的棺材
黑漆漆的头，正背对故乡
那春天的麦地、勃发的青草
一副副肩膀沾满潮湿的新土
却被一声虫鸣，突然压低……

现在是傍晚，村庄如此安静
我默默等待羊群从田野归来
等待春天的树根和雨水的喘息
等待一场雨，落向一块大石头
三月，迎春花还没有完全盛开

而我断定这一定是春天的雨水
让雨点飞得高一些、再高一些
让一块石头发软，一句话中断
我庄稼般茂密的头发猝然花白

惊 异

惊异于棕红的落叶——
这火焰的嘴巴、云朵的舌头
那些蝴蝶，风的手抓不住它们
只有泥土，能让一块石头生根

多么美好，这上午十点的阳光
轻轻照射在一床软和的毯子上
走过一个个驿站、古旧的廊亭
我记得那被头上的暖，你的呼吸

像一棵野沙棘站在那安静的森林
下午五点，我站在晚祷的人群里
以一片想象转动这满山艳红的枫叶
活过一辈子，只为被你的石头收留

开　始

从今天开始，我不再
写那些赞美与死亡之诗
卸下青春激情的铠甲
用岁月覆盖掉一切理想主义
所有时间，仅用于回忆

从一个人，她蚕豆花的眼睛
想到午夜，湖水淹没的星空
月亮在头顶旋出一顶金黄草帽
从一件腰身稍显肥大的衣裳
我记住了一个人的朴素之美

回忆一对爱着却最终失散的人
在裸露的墓碑前，默诵，祷告
在石头上刻自己的名字，是第一次
将红颜色的字体描成黑色，是第一次
哦！"夜河里写字，边写，边消失！"

向一树花朵学会等待
向一块礁石学会隐忍
向一段时间学会宽恕
不再说爱，也不再说……恨
人到中年，我早已不记恩怨

道　别

——写在 2014 年岁末

我所预设的和这个世界的道别
不用嘴巴，也不再需要手势

说了一辈子的假话和谎话
这张嘴这次应该彻底闭上

一双拍得通红滚烫的手掌
要将它收回到自己的身旁

许多次，我预设的和世界的道别
不用语言和动作，只用一个背影

夕阳下，背影越来越短，越来越小
一棵树荫，恰好盖住我低矮的坟头

找 回

冬天，一只松鼠在林中跳跃
河流安静，水面树影堆积
一场大雪彻夜不停，仅仅
只能覆盖住它的一小部分

这一份匆忙和局促，多像
赶赴森林音乐会的野斑鸠
已经出发，已经走到前台
却发现，竟然忘记了歌谱

这恰恰是这个冬天最重要的
不说话，不暴露自己的身份
仅凭一些记忆找回那段旋律
走进可能被偶然改变的命运

哦，借助一颗颗露水的颤动
说出对于春天的期待与感激
在一场突如其来的爱情面前
我们只是那面色发黄的孩子

打铁铺

低悬的天空在黄昏里坚持

走过打铁铺，那个背光

站着的人，是我的父亲

随手夹起一块生硬的铁

父亲在一片火光中抡起铁锤

一颗颗汗珠砸向铁，一块骨头被打击

半空中，火红的铁屑星星一样飞舞

因为燃烧的煤，他的脸涨得红红的

头上，身上，一层层汗珠堆积

现在，我的父亲老了

厚厚的白雪覆盖了他的头顶

脚步也明显有些缓慢、迟滞

走过铁匠铺，眼中依然有明亮的光

站在那里，他的胸腔发热

耳边，一盆铁水，翻滚、呼啸

许多年以后，一切只剩下了背影

再远，我也相信：当我再一次转过头

我一下子看到的一定还是父亲——

铁匠铺，他那一张轮廓分明的脸

铁匠的儿子

我是打铁匠的儿子
从小，我就喜欢站在
那座高大的炉子下面

我的脸几乎一直都这么仰着
望着高处那被火光照亮的父亲
有时，我会急切地用坚硬的泥土或石头
将自己的双脚垫高，我在等着
那块翻滚的铁，在一把充满
力量的锤子下面，站立起来

将燃烧的铁，投入一盆呼啸的水
我，一个打铁匠的儿子
我比别人更早懂得——

不是所有汗水都适合歌唱
苦难，最能够照亮生活

带到别处的光亮

——车站，送儿子去北京求学

夜色沉重。再过三分钟

一列火车，就将把那一道

跟随我整整十八年的光明带走

不仅仅是一粒火苗，一盏灯

一道一米八四的光亮，恰好

对应我几十年局促磕绊的人生

车门轻轻关上，雨，开始下

我的眼前，瞬间模糊，潮湿

一滴雨水，为什么落进我的眼睛？

天空并不解释，只是告诉我

一列火车穿过夜色，由 A 到 B

只是将光明由此处带到别处

火车启动，朝着一个更加

明亮的地方奔跑. 在无边的夜色中

留下子虚的尾巴，留下空，留下无

留下一个固执的设问：许多年后

你会忘记这个晚上吗？你是否会记得

一个平常日子，你张望，出发，奔跑

车尾的夜色，被缩成一团小小的黑

或许，只有那奔跑的列车
会在半途中突然回过头，它记得
正是从今天、从这一刻开始——
一个人脚步放慢、双肩慢慢抬高
我开始关注你有些夸张的骨骼
大地渐渐变暗，秋风瞬间转凉

与子书

园中落满金桂，一捧香气
直接低到树根。秋霜已降
沿着地图一点一点往上走
北方的天气，明显是冷了

长城下，锯齿般火红的枫叶
斜靠树梢的柿子在悄悄变软
谁将云朵扯去一大块？水流石在
我中年的脾气，已慢慢耗尽

从此，我的脚步迟缓、结实
写出的也都是一些卑微之书
寂静中偶然读到的精彩段落
一盏台灯，明些暗些都不合适

骨骼对抗时间，松枝辩论北风
黑暗中，稀疏的白发掉落一地
轻轻掖起我的半敞开的衣角
今晚，你是否觉得暖和一些

抬头遥望北方，低低的天空
会不会飘起今年的第一场雪

楼顶的月光和松树达成谅解
在这个纷乱的世界，除了你
我时刻牵挂的事情已经不多

调色师

"忧伤必有来源，黑暗皆有出处
我并非有意改变这个世界的颜色！"
整个下午，他坐在电脑前面
为刚刚完成的一部影片调色

一帧、一帧，一幅、一幅
黑夜转为黎明，火把渐变成血滴
"而意念一旦成为画面
世界是否会变得失真？"

"我没关心这些，我更需要方向感！"
手指拖动鼠标，画面的颜色继续变化
"不够温暖，并不代表我怀疑了光明"
他说着，不抬头，手指明显有些颤抖

整个下午，调色师都坐在电脑前面
浮在想象中的调色师，悄悄改变着的世界
它的表情和颜色、那匆忙鬼魅的影子
时值冬日，大地有它巨大匆忙的黑暗

沉默的石头

——写给父亲

你已经习惯坐在这偏僻的角落

沉默，像一块旧了的石头

一块坚定刚毅的石头

一块沧桑峥嵘的石头

纵使距离再远、光线再暗

你的手掌仍然攀着峭壁

你的歌声依旧飘向大海

一把利刃，劈石

一棵苍松，喊山

以鲜血兑酒，以断指削铁

一辈子，我的倔强的父亲

不说苦累，亦不喊疼

一块棱角分明的石头

一块热烈灼烫的石头

父亲，我是儿子，我是属于你的

无论在哪里，我的身上

都生长着你给予的骨头

我的血管一直喧响着你的血

哦，父亲，我是你脚下

不停翻卷的浪花和潮沫

弯腰背纤，见山削石
一团火焰在慢慢冷却
我石头般站立的父亲
那块白发遮掩的老年斑
这太阳底下最坚硬的铁
追随父亲那坚实的脚步
聆听月光下的浩荡江流
远眺那一片向阳的山坡
一场海啸，一次巨大的雪崩
我的父亲，我看见了你
纵身越过那漂浮的冰山
站在一片江河湖海之上
一个肌腱鼓凸的水手
挥舞双臂，我的父亲
你划哟，划哟，划哟

划哟！一棵大树，你划哟
划哟！一轮太阳，你划哟
被风雨打击，被风雪点亮
默默无语又坚定刚毅，父亲
当一个少年用一把牛角尖刀
挑开自己充满荆棘的人生
你也就将生活这一头巨兽
死死压在了坚硬的身子底下
你所处的位置，已然成为

一个世界的中心地带

一匹汗血宝马
一只高原雪豹
用一座大山为一块石头命名
为一副肩膀和坚硬的钢钎命名
为一头斑纹汹涌的雪豹，命名
一棵迎风生长的大树
一轮不停旋转的太阳
一块永远不说出内心秘密的石头
哦！多年以后，我的父亲
当你转身，拖着疲惫的身体离开
瘦削的背影留在蜿蜒的地平线
哦，父亲，看着你
我的眼中，没有泪水

只有你一直坚硬的身体、头颅
只有你永远挺直的腰板、脊梁
那不停呼啸的雷霆闪电
那不停旋转的日月星辰
哦，父亲，我的父亲！
一座山头骤然崩塌
一块沉默的石头
不留下半点回声

一节铁轨慢慢锈蚀

——写在诗人海子忌日

一节铁轨在细雨中锈蚀

在一个仓促的春天以梦为马

那尘土飞扬的戈壁，许多年后

夕阳里，一段流水，弯曲，变形

一棵树，在三月最后的风中哭泣

你的身体，依旧蒙着旧年的风沙

童年的纸船飘在冰冷的水上

故乡的麦地，山桃花点亮的春天

三月之后，我已不再去歌唱少女

少女之后，我不会赞美麦芒

从德令哈到拉萨，今夜高原风声凄厉

我怎能随便就交出你月亮下的四姐妹？！

你的太阳，大海的新娘

你的颂歌，爱情的波浪

怅望祁连，巨大的雪崩从天而降

那风中打马的人，月下饮酒的人

一块亚洲铜，敲打你丰盈富足的大地

少年的九盏灯，除了你，已熄了八盏

今晚，一座坟墓长在你故乡的土地
寂寞的星星照着野草衰老的容颜
沿着冰冷的铁轨，走过来又走回去
村庄，一个永远不会换掉名字的故乡
如果诗歌也是一个孩子，活到今天
他已长到你一样大的岁数……

端午：祭屈原

年年都有龙舟竞渡

年年都是击鼓而歌

水之神、天之神、太阳之神

端午，在一片苇叶上写下一个诗人的名字

用它折一条船，漂在江上，那叫汨罗的江

用它裹一只粽子，沉到水底，那叫南洞庭的水

用它砌一个码头，这座叫作月光的码头

我，站在这里

喊一个人回家

喊一个人回家

喊一个诗人回家

一个诗人

一个游子

一个浪子

一个弃子

首先，是一个热血的孝子和赤子

行吟泽畔，你是《渔父》

怀石沉渊，你在《招魂》

招魂，为天空招魂，为大地招魂

鼓乐奏唱，你是水底的石

纸幡飘舞，你是凌空的枭

你是《离骚》《九歌》《天问》

你是水边的《凤凰》

你是太阳底下的神曲

一个古典又中国的汉子

两横一竖，简简单单的笔划

上面多一寸，是士

下面多一寸，成土

是士，就做一条船，引你的祖国到对岸

是土，就成为一座码头挽住这不系之舟

而你终究还是沉入了江底

一块石头落到水里

一只粽子落进水里

一记闪电落进水里

一声雷霆落进水里

一具燃烧的灵魂落进水里

最软弱的水也会传来回声

——凤鸟飞腾，夜以继日

——日月不淹，春秋代序

年年都有龙舟竞渡

年年都是击鼓而歌

年年都有热血诵唱

年年都有诗酒歌哭

年年都是粽子龙舟的端午

年年都是新月初照的故乡

一个诗人

一个浪子
一个游子
一个赤子
用菖蒲苦艾，织一件遮雨的蓑衣
用香草蕙兰，插遍这水边的祖国
啊！我击水，我漂流
啊！我划桨，我擂鼓

凤翼承旗，长空翱翔
长路修远，上下求索——

苦涩的艾蒿

——致茨维塔耶娃

在早晨翻看你的黄昏纪念册
在闪电里劫走你的魔灯
我最初读到的，都是你早年的诗

然后是你曾经独对的夜色
你故意留在刀锋上的血
白夜里悬挂在星空中的艾伦堡
和你一样，留着一头短发

用爱情构筑生命城堡的不止你一个
用火焰的肉体祭奠艺术的不止你一个
用诗歌敲响时代的丧钟
摧毁一切情感的要塞，挽留故乡和祖国的
也不止你一个，只是，最后
那些人都走了，只有你像一丛艾蒿
只有你敢于将头伸进枕套——
在哪里都没有新鲜自由的空气

所有的日子都一去不返
在哪里都是孤苦伶仃
从前的祖国早已经回不去

即使你带着又一个女儿也没有人认识你
你只能选择，在黎明前
孤独地歌唱
屈辱地死去

啊，连死都一直圆睁着眼睛
你只是为了让每一个活着的人
在白天里继续梦魇
在睡梦中依然羞愧

群峰之巅

几十年，走在一条道路上
我遭遇过太多的坎坷和蒺藜
伏在生活怪石嶙峋的峭壁
岩洞里的燧石让我血肉模糊
作为唯一的亲历者和幸存者
我一直尾随一只狐狸的尾巴
最终踩住的却是花白的月亮

时间！一个狡黠古怪的魔术师
当那些被沙漏隐瞒的缝隙
被无穷的欲望和挫败填满
逐一清点曾经走过的日子
看星星滚落成最后一块石头
我终于明白生活和爱情的区别
前者，需要不断地辨别和分析
后者，永远没有任何技术可言

七个方向的星星

七只脚印落在冰面
我不知道哪一个最先滑倒
但能指认，哪一只，从此成为孤雁

七滴水落在雪地
我不知道哪一滴会变成喧响的河流
我只知道，岁月终将沉默、消逝

七滴血，掺进这一大杯酒里
火焰什么时候燃烧？哪一滴
最先"噗"地一声，熄灭

七道流水，被——阻隔
七处伤疤，被——撕裂
七个音符，被送回原地
七个黑影，被连夜转移

少一副嗓子，依旧在合唱
只是泪水早已归还给哭泣
七个伤口，那方向不明的疼痛
七抹光芒，最终会被天空换掉

破　碎

在半山腰砍柴
在山脚下喂马
将一片浓密的树荫坐了又坐
五月的树林布满雨意

今夜湖水，山影与月色
橘树林里挂着你金色的小心意
古镇、古街、古村落
一条河，跟着月光朝前走
忽然又被星星绊倒，一棵树
我用影子珍藏、遮蔽
你用时光收殓、掩埋

一滴露水吻向脚边的青草
那额头、那嘴唇、那牙齿
一双眼睛刚摘除掉一处小疾
看不见身边活动的斑马线
我喜欢的诗人
已迷恋上画画

画花鸟虫鱼、春风秋雨
画现实梦幻、生死毁灭

一场大雪割断青草的喉咙
独独，画不出我这张
超现实主义的脸庞

骨头经络，血水皮肉
一轮月亮，硕大迷茫
几十年的流水汇集到一处
点点碎花，一个人的绝命
从此牢牢覆盖在我的身上

落日运送的遗言

安 静

道路径直走向大地深处
一夜之间，村庄和麦田
那些古老而新鲜的事物
到底被谁给悄悄地搬走
沿途，又被省略掉什么？

再没有从前的人声鼎沸
一切都躲藏在孤独和寂静中
一个村庄不会刻意隐瞒自己的身世
故乡面前，我也不那么急于辩解

虎 皮

一个人走夜路。站在路边
一边默默点燃起一支烟
一边看落向天边的流星
我划火柴的动作有些狠

天边，一轮月亮升起来

黑暗中传来的一阵阵咳嗽
照亮了我身上的虎皮——哦
我划火柴的动作，有些狠！

生于 20 世纪 60 年代

多年以后，我的嘴巴
还留有少年食野菜的苦味
在冰冷的雪地练习爬行
我也在春风中学会掉头

黑夜，生活赐予我的歌声
在该长个子的时候没长个
我学会让这血液，比别人
更多了一些光芒，和盐

时间的影子

整个下午我都在白纸上画着人脸
各种各样的脸活跃在一张白纸上
雨水顺着屋檐流下来，他们欢笑，哭泣
用麻木的欢乐抑制悲伤

那些人肯定是我不认识的

我熟悉的一切，隐在一张纸的背面
不画出你，是因为不想在睡梦中
惊坐起来，突然面对从前的悲伤

河　流

河流一旦出发就无法回到上游
无法抓住岸边的水草、水底的石头
无法回忆起河面的杂物、枯朽的树枝
被一弯新月按住的村庄，那座老房子
最终，成了留在故乡身上的一小块补丁

我只能站在这里，像破旧的沉船
无力地靠向那一片片颤动的落叶
星光站起来，对面谷仓，粮食发亮
时间变成了酒——哦，一个人
活在这世上，除了土地
他能否重新找回梦里的水源？

失眠者

失眠者的笔停在无穷的遐想里
他要把黑夜的黑，停成白纸的白
要让时间——那早已远去的歌谣

化作满含泪水的梦想和开花的未来

"爱就是恨！"一个再简单的词语
反过来，都会比其本身更加复杂
一个人到另一个人的距离有多远？
失眠者，一个不喜欢黑暗的人
只迷恋于拂晓时的狐疑与猜测

个人史

我已不关心花的开放、叶的凋零
不关心何时日出月落、何时春回大地
不关心干净的露水怎样回到孤独的天上
不聚众围观，不轻易说出看破的道理
只是，我还在喘息，还在苟活
后半夜的灯下，我，还在写诗

一定要说出其中的缘由和真相
只因为我对世界尚存最后一点希望
我还没能给自己的死亡之诗
找到一个安放句号的地点

春 天

春天，诗人们相继走散
留下一株佝偻的向日葵
用它最后的一点点力气
轻声诉说着大地的疼痛

一个多么美好的年代
蓬勃的花朵在枝头绽放
我先天口吃，说不出
理想的由来、未来的走向
却清楚地看见，春日午后
天空飘过的几行诗

趁着酒兴，大声读出——
"时间的蛛网，大地的星星
似是而非的春天，麦浪狂奔
母亲的眼睛，已被人挖走……"

印花玻璃

一朵桃花跌碎在玻璃上
花瓣裂开了巨大的空心

透明的玻璃，空心的桃花

有人，在往里面，填字

填露水，填星星
填黑暗，填叹息

夜晚，一群水珠从背后绕过来
印花的玻璃，一直反剪着双手

目击者

月亮，一只朴素的大虫子
星星，密布天空的小神仙

一粒嫩芽长成的种子
一条小河流成的大海
胸中的石头闪闪发光

生活，一面湖泊，可以
在某个夜晚露出开阔的湖底
却不交出一颗多余的石子

不要责备，我的
诗歌从不缺少苦难，你不察觉
仅仅因为你缺少一颗受过伤的心

纪念碑

必须刻上去的有很多
需要被省略的，更多

要保留白昼，必须抹去黑夜
要保留星星，得省略掉天空

保留土地，你就得剔除秧苗
保留道路，别忘记洗去血水

没有嘴巴，也不会有记忆
一块石头不负责保留真相

对　峙

抱紧石头，面向海洋
就着黑暗，盯着灯光

抓着绳索，找到自由
捂着伤口，按住枪响

花朵，消耗不尽的灰烬
远方，没有屋顶的天堂

云彩，俯瞰着辽阔的大地
蜜蜂，蛰伏在那一朵花上

整整三十年，我学会不说话
依旧被生活的雾霾遮掩住嘴巴

许多年，我是这城市里
一棵最孤独的树，短促的影子
一直留在故乡寂静的村庄

旧时光

我更愿意这是一小段默片
一个人在前面，另一个人
不声不响地踩过他的影子

或者是一则小小的寓言
因为一只萤火虫
两个少年，被误引到了对岸

旧时光，壁橱里一摞
叠得整整齐齐的衣裳
不能写进泪水，就让它
藏进一场后半夜的惊梦

梅花谷

梅花的脸上雀斑紊乱
开口，说出疾病的春天

说出枝干搅乱的湖水
说出星光加深的忧郁

沿着湖边朝前走，一个人
内心空荡，能放下一座小剧场

雨水还没来得及覆盖山坡
一片梅花，已被月光厚葬

歉　意

将身体轻轻靠近一棵树
一条河的旁边，我已不是
那个内心藏得住闪电的人

春风剖开一粒种子的硬壳
闪电不知道什么时候炸响
什么时候，沉默

灵魂和肉体相互审视

除了学会主动致歉，我将以所有的
时间，去求得生活的谅解

扛羊皮筏子的人

整个前半生，我
一直穿梭于生活的丛林
被荆棘割破手脚、被风雨划破衣衫
整个身体布满伤痕

现在，是一条河的中游
避开潜流，群山、猿啼虎啸
一块石头滚落山谷

而我，咬住牙齿，弯下腰
朝着湍急的流水，投下沉重的羊皮筏子

学　会

必须学会，一边
撕开伤口上的纱布
一边直接在上面涂草药
倾倒砒霜、点火
而不说出——疼

必须学会，拒绝，躲避
藏住脸，忽略掉一些记忆
忘却掉一些人，他们
几十年的爱，或者，恨

必须学会在人群里站着
即便亲眼看见了雪，看见
一株麦苗在春风中探出了头
依然死死地咬住自己的舌头

独眼人

独眼的人在树下磨刀
不说话，所有亮光
都集中在两只耳朵上
手指在刀锋轻轻一碰
身边的树荫暗了下来

将自己藏进一段回忆
独眼人在树下磨刀
他清楚地看见一颗
流星从天边坠落
却不知远方如何走失

落　日

落日迟迟不愿下山
它要修改什么?

修改那些道路、云彩?
草原上的地鼠、狼群?

修改那茂密的树林、脚印?
白天的伤口、昨天的记忆?

露珠滚过芦苇,月亮旁边
星星的咳嗽,一声大过一声

落日运送的遗言

跛腿的铁匠在打铁
整个世界火星四溅

先是击中那个瞎子
瞎子正圆睁着眼睛

再击中那个聋子,聋子
手指在半空中画出雨声

击中那个盗墓者，背尸人
老园丁一直站在花园的拐角

从苹果的底部，掏出一只篮子
这个夜晚堆满落日运送的遗言

无法回到曾经的生活

所有的小鸟，都忘记了鸣叫
所有的面孔，都藏起了表情

做梦，你必须亮着白花花的灯盏
咳嗽，你不能取下那只厚厚的口罩

春天的花朵死在二月的枝头
救人的人，没能够救活自己

已经完全无法安静地回到一首诗中
流干眼泪，你也回不到曾经的生活

第二辑　故乡辞

槐　花

从这个村庄到另一个村庄
要经过一座摇摇晃晃的独木桥
一个人要爬上另一个人家的屋顶
必须，借助一树槐花的阶梯

五月，白色的花穗顺着河坡垂挂下来
一脚下去，差一点踩空，很多时候
阳光下，我看不清那些槐花的颜色
中午，谁在那棵大槐树下燃起爆竹

黄昏，晚霞中的树皮是紫色的
包括那些赶着趟儿盛开的槐花
那一年，母亲在屋后的树下摘槐花
那个少年不小心滑下了邻居家的屋顶
幸好被那一大片槐树的花枝一把接住

一晃又是一年，所有来自远方的蜜蜂
都停在月亮下面，护着一盏盏浅绿的小灯
任由那呼唤带着香气去往四个不同的方向
槐树底下，四个儿女，被惊惶的母亲一一叫回

野蔷薇

四月平原，油菜花落尽
那一只只绿色的菜荚，横亘在
那一片金色花朵停留过的位置
和水边倒垂的野蔷薇遥遥相望

野蔷薇，一排白色细碎的花朵
白天的青麦不会发出半点声音
夜晚的麦穗，在一心一意地灌浆
只有早晨，才头顶露水互致问候

"每年春天，沿河两岸
二十里蔷薇花瀑布般倾泻！"
那年，跟随一个朋友拜访他的故乡
花垛转水。没见野蔷薇挂满河坡
只看见母亲站在晚霞中的河堤

白发的母亲多么瘦小，大地
被一丛野蔷薇的香气悬在半空
五月，麦地深处的故乡如此高大
抬头仰望河坡上的那些墓地
纷披的野蔷薇是最高的植物

木 耳

木头的耳朵紧贴着树干
只比树杈高出那么一点点
却必须踮着脚，站在一块
大石头上，才能够触碰到

露水里的木耳都是黑褐色的
白天，它们躲藏在树叶底下
只选择在有月亮的夜晚出现
偶尔，星星领来几粒萤火虫

五月，木头之耳灌满雨水
阵阵沉雷响在麦地的上空
它们一直就在树洞里呆着
很少探出头来朝外面张望

最喜欢春风中木耳的姿势
贴在比树杈稍高的位置
耳朵灌满雨水，布谷鸟的叫声
它听见，又像，没有听见

雨　水

站在荷花、芦苇、庄稼的阔叶
站在比雨点更小一些的花蕊
雨水来来去去并非刻意

我无数次目睹一场场雨
起自乡村，又回到乡村
浇灌庄稼也送走我的亲人

一整天，这雨，都在下
忽小，忽大。更大的雨
正在从远方赶来的路上

几颗小小的雨点，就能
将这一大片庄稼和村庄毁灭？
雨落下来，落向六月的打麦场
留下这黄昏，大地，在哭泣

一场雨水将漫长的黑夜缝合
被雨点劈开的事物回到原地
你根本看不到，过去的一天
这世界、那曾经的悲伤之人

弥　漫

下午两点半，流淌的运河边
远处树顶凌乱，油菜花堆积
大片的阳光和柳枝十指紧扣
巨大的春天，在半空中弥漫

河堤上，我弯下身体拔茅针
身后，你的目光紧紧扶着我
这多么像小时侯，在故乡
一条东干渠紧挨着我的村庄

那时侯，我也站在河坡底下
我的母亲比柳树要高一些
傍晚时分，一条大河春水猛涨
那些茅针，瞬间被河水没过了头

多年后，母亲和故乡一起老了
那条东干渠慢慢被淤积、堵塞
你站在河坡，久久看着我
眼神固执，多像我的母亲

有一天，我的身体也会矮下去
一直矮到河面，矮过脚边水草

而你含着泪光的眼睛，在夜晚

那水面正闪着各种不同的光亮

走　向

在春天，我说不准平原的走向
尤其是大片油菜花盛开的四月
追着狭窄的田埂，一群孩子
高声喊叫，转眼到了小河对岸

走在后面的是我的老祖母
一双紧束的小脚打着绑腿
拱起的脚掌被路边的青草遮盖
一颗颗露珠打湿她绣花的布鞋

白杨树梢飞来几只唱歌的野斑鸠
上初中的表姐刚刚换上一身春装
衣裳簇新，不管风朝哪个方向吹
前襟，明显要比后襟短上一大截

现在，一声牛歌穿过薄薄的水田
潮湿的鞭子一直打向头顶的天空
从一座村庄到另一座村庄是看不见的
要找到故乡只能凭借我对草木的嗅觉

致春天

春天的出现如此焦灼、突兀——
北风还没撤走，花朵已经盛开
红梅白梅过后，接着是桃花、杏花和梨花
苹果花落在叶子底下，一树粉樱站在路边
凌空的白玉兰扬起刀刃瘦削的脸庞
四月海棠，树枝间伸出的小火焰
黑暗中，遇见那扶着月光的美人

被湖边的花粉呛了一下，一个人
她短暂的迷乱是否算是必然？
挂满星星的蚕豆花和豌豆花
邻水的鸡毛菜一边自言自语
一边安静地照着自己的小腰
今夜的泪水溢出眼眶，仅仅
因为近日你持续不停地咳嗽

除了你，我还关注着你的姐妹
银盏盛雪的姐妹、琴声书韵的姐妹
蘸着雨水泪水，春天时你送我的这首诗
到这里我刚好念到了一半——
我黑暗中的尖叫从不需要理由

骑着春天的人

手执蒲苇，我就是骑着春天的人
从二月末三月初的一阵南风开始
继而，流水、小河坡、新鲜草叶
几支花朵，插在一只白羊的头上

树叶嘴唇振动，声音纤细、微弱
它很快就会大起来，盘旋到屋顶
小河里的波浪，河底荡漾的水草
一只白羊的胃，远比这世界干净

花朵打开，如一串鲜艳的红菱
那年，我八岁，初懂事，而你
被大片大片的春风鼓舞的身体
胸前的雨水，迎着油菜花向上蹿动

一个人，骑着花朵迸裂的春天
越过云彩纷飞、春光舞动的四月
一滴露水刚从豌豆的睫毛上滑下
春天的风，刚刚吹过远处的田埂

雨中的麦地

深秋，海边刚收割完的稻茬地
金色的麦种在空中旋转、飞舞
扯出一段安静的弧线，雨水
离这片土地，仅有咫尺之遥

今年，第一场雪比往年提前许多
一只有脸无眼的白猫蹲在树枝
那迟迟不肯落进泥土的种子
一场雪，瞬间化成连绵的雨

雨持续着，整整一个秋天
一场雨，抬头就感觉在下
感觉到雨水和你走在一起
从霜降到小雪、深秋到初冬
细细的手指在空中弹着竖琴

仅仅因为这些，因为一场雨
那片麦苗露出最新鲜的颜色
奔跑的野兔、雄鹿、河麂和狗獾
那田埂上风一般疾飞而过的鸟
土地因为一场雨水获得了安慰

桃花开得人心里慌张

"这些桃花开得人心里慌张！"
我感受到的是河面上风雨的微微抖颤
单薄的风还没从水面上吹起
枝头的花瓣已被摇落了一半

那一河的流水，菜苔
那一河的词语，花瓣
波浪摇摆昂刺鱼的尾巴
在风中，举起，又落下

这些桃花开得多整齐
它们打开的时候，是否
有人在田埂吹着口哨打着节拍？
玉兰花瓣，秘密火焰擦过天空

跟着流水，这一片桃花
那些紫云英和油菜花都会走的
当我转身，离开，浩大的春天
是否会被一场四月的风雨矢口否认？

春天是被我吆喝着走的

从一片腐烂的树叶开始，春天，是被我吆喝着走的
四月平原，那些桃花、杏花、梨花和苹果花
阳光背负金子，这大地上最贵重的颜色
小河后面，一大片油菜花黄出了回声

那些水杉、意杨、银杏树和苦楝树
那些小葱、水蒜、野茅针和马兰头
风吹向哪个方向，它们就朝向哪个方向
月亮升起来，山羊的皮毛就浅下去

那么多的叶子，那么多的鸟鸣
孩子和蝴蝶在花丛中飞来飞去
那小河水也是被我吆喝着跑的，那么快
被突然打断了的午睡，正午，河面停着鸭子
白鹅重重叠叠，四月鼓起薄薄一层水波

阳光剖开芍药，春天是被我吆喝着走的
顺着风，枯枝的牡丹和刺槐林一直朝前跑
那些鸟翅，鱼的背脊，那战栗于河中间的水波
只有一座座坟墓，一直匍匐在漆黑的松林深处
只有故乡，一直站在一条越来越狭窄的河流对岸

春风辞

太阳还没完全落下去
月亮已忙不迭地升起来

枝头花朵没开完就掉在地上
山涧的溪水也只流到了一半

结伴走在夜晚的山中，一个人
要瘦到什么程度才能被月光跘倒

是否，仅仅只用了一点点力
鲜花就以芳香牢牢稳住了她?

现在我走上那一面小山坡
一棵开紫色花的泡桐树两个人才能合围

一个女人坐在对面的大石头上
春风吹来，一下子灌满她的胸脯

露水是可以抱在怀里的

露水是可以直接抱在怀里的
童年，蔷薇花石榴花开的春天
每天一大早，天不亮，我的母亲
就被那些野斑鸠和鹧鸪鸟叫醒了

从地头到家里，她一路都在小跑
先抱回一捆嫩嫩的茭白和莴苣
接着抱回一堆油菜苔和青蚕豆
身边河水清亮，麦子快要熟了

七月清晨，朴实的棉花提着青灯
秧苗青青，直接扑向母亲的怀中
田埂上，一排排向日葵迎风转动
一转身，我看清了它们的幸福

还有一捧捧青椒芫荽、小蒜香葱
还有一篮篮婆婆纳一筐筐紫地丁
还有那手持红缨的矜持的老玉米
追着太阳热辣舞动的火红的高粱

九月，火焰般的凌霄开遍小小村庄
鸡冠花打开一张张潮湿巨大的斗篷

水稻金黄，齐齐挨着母亲的胸口
那瘦弱弯曲的身体一次次贴向露水

乡村的露水是可以直接抱在怀里的
我总记得母亲的胸前有些湿漉漉的
几十年，一身粗布衣裳整洁、干净
她疲惫的身体和露水之间毫无间隙

豌豆花降低的雨水

四月的田埂笔直充满无尽的情欲
布满露珠的麦田一颗颗星辰闪耀
告诉我，那些紫色的豌豆花儿
如何一次次降低了天上的雨水
那些干净细碎的花瓣，为何
不停地眨着它们潮湿的小眼睛

谷雨——立夏——小满——芒种
一只巨大的双黄鹅蛋系着红线绳
在一群乡村孩子的手中传来传去
农历，眨眼吐舌的二十四个节气
一个被我们说了无数次的字，带着亮光
由黄昏交给夜晚，又由夜晚递给白天

现在，彩虹般的砖石小桥横亘在路口
春日晚风撩起你麦苗舒展的长头发
四月，那片油菜花刚刚开过就结成了籽
仿佛一串流星停在古老又低矮的屋檐下
怀抱月光的女人，快说说如何用吻痕压着伤口
如何用一滴灼烫的泪水，压着嘴角那一粒盐

微风凉爽的四月！春天已到强弩之末

大地沉默不语，只有野蔷薇带着爱情
沿着那条不知道名字的流水一直走下去
走下去，走向一个名叫花垛或者转水的小村庄
以桥下的风和流水，写下：去年此时，我们在此
相爱，今天，除了你，我早已学会拒绝任何一个人

多年以后的故乡

多年以后，所谓的故乡
仅仅是我们的哀悼之地
从一把泥土到一小块石头
从一条大河到干涸的池塘
走散的风景恍惚、人物抽象

头顶的星星，是不是
我们曾经见过的那几颗
那些死去的萤火虫
是否，仅仅为了不被哀悼
又重新活回来一次？

哀悼风中的一个词、一句话
从前的亲人都住在小树林里
凭吊一棵矮小的草，河床下
那一堆破碎的石头——秋天
那泥土再低也比人的头颅高

多年后的故乡只是哀悼之地
那明亮的白天、黑暗的夜晚
那无名的偏旁、永远的姓氏

柿子树

必须过了这霜降之日
柿子树才成为真正的柿子树
枝头的叶子都掉光了，只留下
金黄的果子跟着太阳和月亮转动
海边滩涂，那占满整个秋天的柿子树
白天，是金黄的果实、高举向天空的心
夜晚，是一些捉摸不透的暗示和隐喻

触须发暗，一只蝈蝈能说些什么
水流平息，干涸的河床又能说些什么
省略掉叶子、枯枝、最后的蝉鸣
省略掉一张黄杨木做的长条板凳
踮起脚尖，一轮红月亮摇晃着秋风
树枝空出来，只留下一颗颗金黄果实
——诸神的诺言点亮秋天的万事万物

而我，一个月亮下迎风说话的口吃者
星星袒露，河床将那列雁阵渐渐抬高
叶子掉落，那回声，巨大，虚空
站在夜幕下的我，半点都不曾听见

运　来

风从河滩背面运来雪花
一片一片，坚硬，透明
石臼、石磙和石头碾子
一段记忆，久远，固执

乡村小学破旧的校舍
泥土垒就的低矮窗台
天上的雪花越聚越多
快要遮住狭窄的马厩

风从河滩背面运来的雪花
阴霾的天空正压向故乡
最早压向白头发的祖父
然后是父亲，现在是我

那上下跃动的白色的火焰
一首民谣挣脱一只拴马桩
早年的记忆，模糊，消逝
那雪花一直挽留紧迫的风

晒月亮

中秋之夜，人人都在晒月亮

城里的，乡下的

山上的，海边的

老家的，异乡的

自己没有，就晒别人的

没写地点

不注时间

天空之下

各有出处

我的中秋，不晒月亮

我的月亮躲在云层里

我只是用一辆轮椅车

将一个九十六岁的老人

轻轻推到住院部的楼下

在医院椭圆形操场上

跟着跑道

转了一圈

又转一圈

回　头

一切都将在秋天回头——

风，低垂的稻穗，弯曲的小路
那个背着风轻声咳嗽的人

一切都将在秋天里坍塌
那座雕花绣楼、隋唐年代的七层宝塔
今晚的天边，堆积了太多火烧云

一切都将在秋天里消散
敲白铁皮的人，他被细碎铁屑紧抓住的汗珠
一个人，沿着一条大河边，喊魂

秋风吹来。我从旷野走过
经历过一次收割，喧嚣的人声隐去
除了一轮月亮，旷阔的大地空空如也

这并不是最后。最后
当折叠的海岸打开，月亮
一块石头被蟋蟀的叫声移动
我一直记得你写给秋天的那一首诗

挽 留

挽留童年，那月光下的流萤
草地上的露水，打湿山羊的眼睛

挽留故乡，那一排青灰的屋顶
一树梅花，在雪地上留下脚印

挽留星光，那横骑水面的波浪
一群蟋蟀，那一条小河的忧伤

挽留一场爱情，月亮下蔷薇盛开
子夜时分，给你的诗刚写到一半

挽留住生活，躲在暗处的迷藏
最终，没找到自己的落脚之地

还有我的亲人，他留下来的那一堆土
只为能在月亮底下，指给我一个位置

秋日诗

稻穗减小了摆动的幅度
一丛盛开的野菊花
头顶的天空倒灌湖水

紫茄子，红扁豆
番薯有她少女鲜亮的红心
鸟嘴离开葡萄，清洗过许多次
嘴角还流着九月的露水
柿子熟到八成就全化成了蜜

午后，树上的果实
不会一下子落下来
阳光缩短，风声慢慢拉长
跟着一群仙鹤，几行大雁翅膀打开

追随明亮的露珠
走遍这一片金黄大地
秋天，只有一些诗句显然不够
还必须找到最合适的朗诵者
哦，每一只蝈蝈，都有一副好嗓子

跟着一头牛找到故乡

跟着一头牛，它青草的嘴唇
它翻卷的舌头、忧郁的眼神
它黄昏时分不紧不慢地咀嚼
它嘴角流淌下的绿色的汁液

因为田埂上一只蝴蝶的飞舞
因为河坡上一只喜鹊的仰望
因为小溪里一枚卵石的跳跃
一头牛，不停地甩尾、回头

那一条条早已消失的河流
那一个个正慢慢走散的人
在一天里阳光最集中的土坡
那墓碑，一寸寸被埋进土里

只有一头牛，它的清明谷雨
只有一头牛，它的浅草芦芽
靠着它嘴角上的青草的气息
我，已经回到那从前的故乡

牵着一头狮子回家

三月，迎面撞上一群狮子
一只横在路口，一只卧在水边
一只站在大河对岸，还有几只
正不声不响穿过无边的油菜花丛林

大地安静，听得见阳光穿透云彩的声音
没有风，一条河，一片土地
世界，巨大的金色牧场，铺满狮子明亮的鬃毛

生命出发，欢乐诞生
春天成为一个热热闹闹的山头
抬脚，抬头，溪流晃动树影，金色的蜜蜂打着绑腿
一群狮子，石头一般，沉默，哀伤

前面春分，后面清明
一边田野，一边故乡
将绿色的雷霆，挂在一只七星瓢虫的胸口

三月，高举一束盛开的油菜花
月亮底下，牵一头狮子回家，身后
跟着一个身形健硕的女人

月亮的投影

月亮给大地留下投影
留下故乡摇摇晃晃的村庄

踩住一串长长的耕田号子
熟悉的旋律飘向河滩上的麦田
踩住刺槐林里一群乌鸦的叫声
弯曲的小路，通向远处的坟地

踩住村口拐角的那丛白茅草
枝头，跳动着几只灰喜鹊
因为偷吃了未完全成熟的无花果
我远房的表姐一辈子都没生育

踩住一副被风雨打落的旧春联
门前桃花开过三回，屋后梨树修剪了十遍
屋子的主人，再没回来过

走向那些比邻而立的墓碑
一条条道路，不必标上路牌
一条条河流，相逢就彼此招呼
只有它们，配得上接受我们的鞠躬

姓　氏

一行人衣着新鲜，在打听
某户人家的地址，转过身
一场雪遮住了他们的衣领
遮住了来时那杂沓的脚印

鸟飞起，翅膀遮住天空
高处的树枝弯向这片大地
那些人，前年来过，去年来过
许多年后，是否还会再来一次

穿行人间如穿行深深的峡谷
一条鱼，慢慢沉向透明的河底
提着一盏灯笼站在路边
野葵花从来就不会孤独

如果生命里没有你，这个冬天
我到哪里寻找一堆燃烧的炭火？
外出多年，一路风雨裹挟
除了姓氏，我已忘却他们的名字

回乡记

父亲指着那片干净的麦地
"就在这里……喏，
现在，长上了麦子！"
黄昏的麦地，比旁边的
明显要高一些、深一些

被填平的是我祖父的墓地
我的祖父是地主的儿子
现在，他长在别人家的青麦地里
他的身材矮小，连最矮的
那一株麦子，也比他高

多年以后，我再次回来
身边已没有了麦地。"喏！
就是这里，现在成了工厂！"
扶着儿子，我一双泪眼浑浊
眼窝比当年的父亲凹得更深

雪很快就下完了

雪很快下完了，现在开始下雨
"草字头"的雨，淋湿河流树林
淋湿远处的麦地和油麻菜田
最终，淋湿了我写给你的诗

往年此时，北方总在下雪
一场大雪埋掉一条条小路
只留下迎着北风的夜归人
现在，一场正午开始的雪
很快下完了，留下这雨
一场由雪花改写成的雨
浇灌故乡的田野和庄稼

雨！一场"草字头"的雨
鸟叫声喧腾了整个树林
既然油菜无法延期开花
麦苗又如何能推迟拔节

大地陷入一片绿色的呼啸
天空以飞舞的雪花说尽丰年
再用一场雨，提前整个春天

离　开

离开三月，离开桃花、杏花、梨花
离开那些金钱盏、野茅针、紫地丁
春风还没完全到来，那片油菜花
就呼啦啦地黄出去了

离开一个人的身体，她的气息和灵魂
离开紫海棠，一片花瓣转动的吻
那株玉兰刚刚转身，已经
用雨水覆盖住自己的嘴唇

离开童年、水车、村头石磨和田埂
离开阵阵蛙鸣叫醒的夜晚和清晨
生长齐整的麦地又被挖开一截
早年的亲人，都已经不在

离开故乡，那些方言和俚俗
离开近亲远眷、百感交集的家族史
将那些石头埋得深些、再深些
一座座墓碑，仅仅保留着姓氏

将走散的亲人再爱一遍

看望过祖父祖母，再去看曾祖父和曾祖母
看望过二叔、五叔，再去看三姑和三姑父
大姑太太和小姑太太的墓地相隔很远
活着时，她们就不住在同一个村庄

看望过外公外婆，再去看太外公和太外婆
看过大舅，再看望不怎么爱说话的三舅
二舅家的大表弟，葬在一条河的对岸
打小的时候，他就是一个孤独的孩子

四月青葱的草色，春天不变的风向
翻过河坡，跟着那零零星星的桃花
为了那一个个半路走散的亲人
沿途，我们不停地上车、下车

那将要走过的游着蝌蚪的小河
那生满了紫地丁婆婆纳的田埂
远处的油菜花金黄在麦地中间
所有经过的地方我都似曾相识

来不及擦去双手和膝盖上的泥土
我一手挽着母亲，一手牵着父亲

像带着两个亲爱的小孩，年年此时
春风里，我将失散的亲人再爱上一次

苍茫大地

出生地

我蹲在地上烧纸
烧给亲人，也烧给久违的故乡
火焰在地上翻滚、窜动
我不敢用树枝去拨动它
一拨动，那火苗就飞了
那些沉默的亲人就会走散

冬至之日我回过一趟老家
没能找到曾经的出生地
却给苟活的自己，提前
安排好了最后的栖身之所

故乡人

我从来都没见过他们
这并不妨碍我们在一起喝酒
我在面前留下一个个空座位
喝醉了，他们在一旁
抽烟，说话，打扑克

留下我，接住漫天飞舞的雪花

仰起脸，一个人对着天空大哭

我知道我的行为可能让他们费解

他们的脸上，看不见任何熟悉的东西

多年前的故乡，也早已面目全非

河套地

我的故乡是一片河套地

那微微凸起的土坡

那渐渐低下去的庄稼

很容易让人想到，很多年以前

那随着鱼的叫声

渐渐远去的大海

今天我重新回到这里

一道道波浪停留在麦地

站在高处看着一座座坟墓

我的堂哥表弟、叔伯姑婶

拄着拐杖的祖父和曾祖父

一个个亲人依次排列

就要坐满这青青的麦田

老 家

夜晚黑得有些不真实
看不见道路，也看不见一个人
伸手不见五指就只伸出一根手指
指向一群情欲旺盛的野猫
它们跑过之后，很久很久
我都没感觉到四月的响动

那裹着白布头巾的是我远房的婶子
多少年，除了跪向大地的那一点白
我什么都看不见，看不见道路和人
判断出故乡，我只能凭着——
一条小路，在什么地方拐弯
一条河水，在什么时候放慢

去 处

一切的去处都是死亡之所
一切的目的地都是草木之乡
我最终什么都不会给你们留下来
亲人已被我送走，朋友已一一告别
留下一对儿女，他们最多将我的名字
写在一张干净的白纸上，而不会像我
月光之下，将年迈的父亲背回深山

桃　花

胃中塞满桃花，我口渴，窒息
说话之前，需要不停地打喷嚏
那香味，贴着薄薄的鼻黏膜

一个瘸子，在风中，踯躅，趔趄
一株桃花，让风随便拐弯。而我
一个瞎子，我只能靠鼻子
找到少年的栖身之所、找到
那个桃花盛开的地方

暮　霭

一只鸟，如此，匆匆忙忙
怎样才能躲过自己的痕迹？

我已有许多年不再做梦了
今天，这些年仅有的一次

你豌豆花的睫毛压着我的脸颊
醒来，我看见的你模糊而遥远

只能借星星留住旧时光里的水草
用诗句，稳住你唇边消逝的暮霭

苍茫大地

我有苍茫大地
我有秋天的诗歌练习册

我在天上种星星，不经意
那些星星就长到天边去了

我在风中钉马掌，一用力
脚下的道路，不停喊——疼

有时候云朵追逐着星星落下
天空也不得不收回它的承诺

老家的荷花

三朵荷花依次出现在镜中

一只纸做的红灯笼
一盏悬挂的绣花灯
还有一片，是我追着
整整一百零一岁的祖母
一路叫喊，一路撒着纸钱

细　雨

江南多细雨
鸟声带着雨点凭空而降
打在了我湿漉漉的脸上
蔷薇盛开，紫色花瓣在飞
墙边的玉兰，落英缤纷

鸟鸣声总有些杂乱
搅拌一地细碎的花瓣
今宵的园中一株海棠依旧
细雨碎花铺就一地残香
我，模糊在一场缜密的雨中

采药记

在惊惶的鸡头米上拔刺
在狐疑的水面获得睡眠
在一顶缀满补丁的竹篮里
捏住一只不停叫唤的蟋蟀

在壁虎狭窄的腹腔涂抹色彩
在一条蛇的舌尖上，等待
在一座即将坍塌的土窑里
提前模仿一对鬼怪的爱情

一切都是反方向
回拨你喉咙里的指北针
在明月的心底，用一句诗
刨去一个世纪前的阴影

明天会不会刮风

明天会不会刮风
去问一问月亮就知道了
"月亮堂堂，天地光光"！
如果不想被一场大风吹走
我们会去搬上一大块石头
压住磨得发亮的井沿

留　住

留住沉默寡言的稻谷
那藏在稻谷中的汗水

留住爱屋及乌的石头
留住石头上倔强的父亲

留下脚印，一个人的死亡之所

乡愁的孤独往往始于一场病痛

有时候，我只在青草的墓地旁坐着
不说话，是我不愿意打扰我的亲人

拼图游戏

午夜雪后的小操场上
我在做一种拼图游戏

拼出麻雀、麦种和谷粒
春苗秋禾、青草和星星

拼出那雪地上的乡村小学
桌椅板凳、渐渐遥远的钟声

拼出蟋蟀咬断的一弯月亮
红眼睛兔子堵不住的豁嘴

一直找不到能够填补它的
除了黑暗，天上全是空的

冬日清晨

满山松枝带雪——
一阵鸟鸣从树杈上弹落

松鼠在枝头跳动，一双手
轻轻晃动那些残留的坚果

一枚果壳紧紧咬着嘴巴
它有太多东西需要诉说

整个冬天，模仿白雪站在山中
一颗心，明显带有草药的味道

我非佛陀，捻珠，念经，半餐素食
唯愿此刻，喧嚣浮躁的心止于一处

第三辑　春风祷

再一次

将所有走过的路重走一遍
将所有爱过的人再想一回
那些白天，再不是从前的白天
流着的，也不是曾经的眼泪

将所有写过的诗篇，再读一次
那些热烈灼烫、冰凉忧伤的文字
一遍一遍，除了"爱你！爱你！！"
我，还能说一些什么？

今夜，你身处人间烟火的村庄
或者，离我咫尺之遥的大海边
沙滩宽阔，浪花纠缠、嘈杂
夜晚漆黑，如一只冰凉枯瘦的手
紧抓住的，必然，是你的名字

再一次，说出你
你的眼睛、鼻子，你日渐暗淡的容颜
说出爱，说出爱你，三十年，二十年，十年
我珍惜这呼唤，每一次，是第一次
也是，最后一次

虚 构

虚构梦幻，虚构童年

虚构一轮红月亮照耀门前的大路

歪脖子槐树下，一群孩子在丢手绢

因为小白兔突然变成一条小花蛇

那些婆婆纳和紫地丁全都站了出来

日落时分，满池荷花齐声喊叫

虚构生活，虚构爱情

那漫长的、短暂的、痛苦的、幸福的

那被一阵急风骤雨带走的小鸟的歌唱

夜晚，用一片白白的月光将长发剪短

无论春天或者秋天，我爱的女人

她的名字，只能叫"白菊"或"棉花"

如今，树枝折断，松鼠逃逸

那一只童年的纸船早已随风飘逝

几只小鸟在枝头上尖叫，叙述生，叙述死

却无法重现一场去年的雪！

一场雪！那童年、梦幻、生活和爱情

一块石头面无表情，内心已被灼伤

春天在等

隔着白雪的暗影，春天在等
等你从正午偏西的阳光中抬起头
等树木从小河的倒影里直起身
等两只雪白的鸭子说出河水的冷

等一个人，穿着中年硕大的花朵
等一个人，歌声摇晃路边的树林
田野深处，宽阔的麦地铺着青烟
一条小路，叙述步履细碎的羊群

用昨夜的积雪，说出你的名字
用今晨的凝霜，拼贴你的眼睛
用颤抖的手指接住二月的蜡梅香
连着故乡的麦地，那雪花的背影

春天在等，那睡眼惺忪的夜晚
春天在等，那松香点亮的早晨
什么时候我能触及到你的脸庞?
听，覆盖大地的钟声渐渐迫近

油菜花

在平原和流水身边长大
我说不准油菜什么时候开花
在一个早晨，我最先看见
一棵油菜顶起了一朵嫩黄
等我跑过去已经来不及——
那些小蜜蜂儿半路就告诉我
那边的油菜花，全都开了

真的，油菜花开了，开了
从河坡到田埂到门前屋后
那边的油菜花已经全都开了
一大片、一大片、一大片
在平原和流水的身边长大
我真的说不准油菜什么时候开花

就像认识多年，我真的说不清
是什么时候，突然，爱上了你

在森林里与一只松鼠相遇

在海边森林遇见一只棕毛松鼠
好比繁华的街市遇见一头大象

不喊叫，不用长长的鼻子喷水、伐木
只跟着那溪流追逐一条船的影子

在森林里，一只松鼠跳跃，快闪
它的右手边就是高出云岫的风筝

在林中栈道或者某座木桥附近停下
一只松鼠，似乎，被人们反复写过

但绝对没有人会像我一样，发现
它只是一片被秋雨卷起的梧桐树叶

那从多年前的传说转述的童话
那个被雨水改成了动词的名词

我身边的大海浅了

海水撤掉潮沫，我身边的大海浅了
空出滩涂，留给贝壳、飞鸟、沉船
留给或站或卧、或俯或仰、缓缓走动的云
留给太阳，这切割着浑黄海岸的砂轮
留下星辰月亮，那伫立海边的未亡人

留给丹顶鹤，蓝天下南来北往的仙子
留给麋鹿，这背着花朵不停奔跑的神兽
留给盐蒿草，退潮的土地、一地的血
在秋天，追逐着风声，早晨和黄昏
那迁徙的朝霞和晚霞堆积成一片

那晃在一把软梯子上的歌谣和誓言
海水躺下来，成为忧伤的布匹
那些翅膀掠过大地，大海浅了
带走泥土以外的万千事物，掉过头
所有脚印，都被潮水修改得面目全非

东风破

举起一把竹刀，我试图，削掉
雪人身上那一点点多余的部分

从狭窄的肩膀，到柔软的脖颈
从起伏的胸口，到润湿的嘴唇

削掉一点就不敢接近下面一点
必须用力却绝对不能太过用力

这多么像初恋时和恋人的亲吻
越是认真，偏有那么一些走神

偏偏有谁比我更快上那么一步
没注意那浮尘和雪人就都没了

一个雪人慢慢融化在那泥地上
那垂落的竹刀正泛着一些绿意

看不见那些浮尘也看不见那雪
我只记住那片阳光、那一阵东风

梅花山

因为鸟叫，远方的树常常是弯曲的
因为树影，对面的风注定是笔直的

沿着山坡，一阵风在轻轻向上吹动
在天空中，云从来不以为自己有家

为了弄清楚歌声在哪里，一只鸟
整个下午都坐在开满梅花的山坡

只是，那些梅花，纷纷飘落下来
最终泥泞在了一场春天的雨水里

去年到今年，我一直都走在梦一样的
梅林里，像你，在这一个人的山中

青蛇传

在胸脯上扯出一道一道口子
再在那些伤口里填满石子和盐

那一道道口子必须是靛蓝色的
一定要和今晚的夜色差不多

站在高山顶，卧在湖水边
石头缝里住着一丛丛青草

枇杷叶上的露珠当啷一声落下来
在宽阔的胸口磕开一道道蓝口子

那深蓝的眼眶里涂满了墨汁
那蜿蜒的鼻子蓄着一丝丝寒气

时光亮出翻卷的刀疤，是否在告诉我
一场爱情从哪里出发又将在何处抵达

蝴　蝶

"春天，我已经厌倦这尘世！"
可是，一个人，怎么样才能
确定自己死亡的时间和地点

而储满鸟叫的春天，那一只只
在阳光里不停交错飞舞的蝴蝶
对它们，这件事显然容易得多

一双眼睛涂满时光厚厚的油彩
小小的腹部压住花朵或者鸟鸣
两只露水扇动的翅膀微微下垂

歌谣。舞蹈。大梦。这个春天
除了音乐、色彩，这一片花丛
至美的蝴蝶正在干净的飞翔中消逝

夹竹桃之歌

顺着那盛开的夹竹桃
一个瘸子遮住阴阳脸

夹竹桃不是一株两株
挤挤挨挨那么一大堆

红的，皮鞭上带着血
白的，那闪电被撕裂

一大排盛开的夹竹桃
一张张杂乱无章的脸

那跛腿的瘸子唱着歌
刀疤紧追跑动的闪电

一张阴着脸唱歌的人
一条腿高，一条腿低

花朵像瞎子一般四处张望
心里有太多的虚空和迷茫

叙述者

你躲进南方四月的油菜花丛
我尝试着走进北方的海浪
一只鸟从天空轻轻飘落
这被羽毛救起的暗夜!

斜倚一支有些变形的花朵
用露珠和野花为生活断句
身处黑暗而模仿着白天
我们的谈话不必过于冗长

淡紫的花朵覆盖住昨天
我空洞的眼神变得忧郁
花瓣上,一滴露珠飞落
由江河慢慢归入大海
最后,水和水已浑然一体

现在,夕阳转过身去
我看见你被黄昏压低的草帽
石头坐在海边,夜愈来愈暗
一个小沙坑,叙述者
将被另一个人反叙述

观雨者

雨，如此热烈、执着
一群孩子翻滚在地上
那激烈而持久地颤抖
那被不停亲吻的嘴唇

雨点落向一株向日葵
坐在窗前的女人在沉默
雨水挂在叶子上，又慢慢
流回到向日葵的身体
窗前的女人斜靠椅背

整整大半天了，窗前的
女人一直这样交叉双臂
她并没有听见那雨声
仅仅因为一只猫的喊叫
突然穿过雨水跑进黑暗

一场毫无任何异常的雨
将一个女人的爱情挑动
屋檐下不停流动的水滴
让爱回到了一个人身上

写到雨

有些事情注定是不可能的
比如让下过的雨重下一遍

让池塘里的荷花重新站起来
那水，正好漫过干净的脚踝

你只能带着那一把油纸花伞
提前在伞骨上写下你的名字

只能让荷花早早等候在雨里
看一个朗诵的女子站在船头

错过，像错过去年的雪
你，正成为高处的岩画

每个早晨和黄昏，雨的到来
仅仅为了确认一个人的身份

潮湿的瓦

昨晚的雨下了整整一夜
到现在还没停下来
中间，还夹着一阵阵小雪
它要将我变成一个
内心彻底绝望的人

冰冷、枯槁、瘦削的手
在厚积的落叶中不停翻捡
屋檐下，那块沾着泥土的瓦
灰暗、潮湿、破旧，像一张穿山甲的脸

疲惫，依然带着笑容和宽恕
昨晚，一场冬雨下了整整一夜
那片潮湿的瓦，并不能
封住我的嘴巴——

活着的意义有许多种
重要的，是学会能够
从短暂的幸福中剔除掉苦难
再从纷扰不堪的生活里
获得支离破碎的爱情

悬　崖

风声吹向中年绝望的码头
一轮夕阳落上远方的空地
那回声，如此巨大、空茫——

"爱是一次次历险！"
一个人站在临街的窗前
黄昏从正面转到了背面
我需要远方确切的地址
你指给我的，已是归途

等到那黄昏，晚霞尽散
一场风雨让天际空空荡荡
遥看一片墨绿的草色
时光如何带走一个人的忧伤？

自白书

以清风明月替换掉雷鸣闪电
以春暖花开，换掉一路的
草木惊心

用雨点和音乐，遮盖
一次次的远征和杀伐
用虚拟的名字，换掉一张张脸

用副词和形容词替换掉那些动词
用一丛花朵覆盖掉那一块伤疤

海边的云霞，让天空如此完美
星光下你不会再受到半点惊吓

雪花飞舞。半世贫穷，一生善良
一次次，学会用诗歌说服自己

收住泪水，忘记苦难
我用笑容，一遍遍
清点这日渐窘迫的生活

不留下半点忧伤

每天，跟着林间的鸟儿一起醒来
如果你清醒地意识到自己还活着
感觉窗外的光线照过脸庞和牙齿
一定要对着镜子，开心地笑一次

用清脆的鸟鸣给远方发一条短信
用滚动的露珠，清洗爱人的眼睛
道一声"早安"，一定也在为大地祝福
像昨天，依旧固执地爱着这个世界

你会带着微笑，走过那熟悉的街道
一处小水洼，倒映那道蜿蜒的台阶
一件事，做完远远不够，还必须更好
突然地奔跑，一双脚步，比春风还轻

晚上，一直到深夜，你躺在床上
过去的人和事，重新梳理一遍
那曾经欺凌和辱骂过你的人
在梦里，都将成为你的朋友

花朵亲近蜜蜂，阳光亲近湖水
用一首诗歌亲近一张渐渐苍老的脸庞

活着，爱着，生命走到最后，一颗心
如此干净，安静，不留下半点的忧伤

雪的哭泣

冬天的悬铃木里实
一颗一颗落在了地上
子夜时分，夜行人紧贴着河岸
我听见一场大雪的哭泣

天上乌云，一堆破棉絮
雪花被北风接回到地上
夜色翻转天空的旧手帕
一只鸟，突然停住飞行

更多的鸟儿将会飞起来
像一场漫天纷扬的大雪
既然快乐和痛苦无法预料
就让生活忍住最后的哭泣

不仅河水，岸都跟着烂了
双手捧起雪花坚硬的铁钉
一辈子，你总会遇到一个
让你悲伤到绝望的人

雪这么快就化了

我，一场中年病的亲历者
一个看见云彩就流泪的人
天空中飞过的万千只鸟儿
看不清它们的翅膀和脸庞
只闻见堵在喉咙里的血腥

一场雪，裹挟坚硬的白铁皮
左边的眼皮一早就开始跳动
而我，似乎没太介意这些
只专注凝望一个人的背影
弯曲和佝偻，别一种表情

一列马队在云中奔驰
仅仅只是掠过下午的天空
一大片雪就悄无声息地融化了
未及看清一段日子的容颜
我已沉浸于它的惊悸和哀伤

背　着

从一朵花中分离出另一朵花来
让一个春天，成为两个春天

让一个女儿，变成两个女儿
一个抱在怀里，一个托在心上

天色渐渐明亮，太阳很快就要出来
春风已为你们预留出两朵花的位置

背着柳树和小河，桃花和玉兰花
那被春风移动的菜花金黄的田埂

一树漫过头顶的海棠红，背着
从一粒雨中分离出的另一粒雨

背着那滴跳跃在三月花枝上的蜜
背着早晨，那最后的露水和星光

我，只愿做一只属于你的蜗牛
把干净的黎明，一直背在肩上

红胶囊

玉兰花瓣固执地昂着头
它在寻找天上的亲人

哦，我的亲人在哪里？
风中，雪轻得几乎落不到地面
马路上的碎纸屑，开着
一架快要报废的纸飞机

而风的摩擦使它生出热
轻轻摊开那紧握的手掌
我的手心，一颗红胶囊
像一粒泡在血里的红痣

天地倾覆，舌苔翻卷
夜晚的枝头开满红玉兰
三月的星星，一句一句
和春天，核对着口供

整个夜晚我都在发着高烧
自小药物过敏，尤其当我看到你，看到
一种穿小衣裳的毒

危　险

春天是危险的
那些花朵和树木
说开就开、说长就长
那些消息，即便再细小
你也无法隐瞒

文字是危险的
那些诗句，一行一行
雨水穿过一个个春天和秋天
即便你不留下标点
也不能一口气读完

你，也应该是危险的
清晨到正午、黄昏到深夜
如果我一直喊着你的名字
你始终笑而不答

模仿一颗星星，将这人生的
最后一点点秘密点成朱砂痣
我必将撤走这个春天
这繁乱而剧毒的春天

昨 夜

一夜冷风一直留在我的
骨头里，一次次，试图
撬开那条最细长的缝隙

树枝缠绕，一轮月亮近乎窒息
黑暗中，玉兰花伸出舌头
天空也跟着白花花的

我拎着月光去给一个人瞧病
脚尖踩过路边的草药和菊梗
山阴的梅花留有残雪

看见一个人一直站在路口
一块刀疤横过星空
他的脸部轮廓分明

昨夜池塘，那紧锁的水面
那一排青蛙，如何一下子
叫白了故乡那三万亩月光？

一首诗只能写到一半

往往，一首诗
你只能写到一半
一条命，也往往
只能过下来半截

和一排透明的药片对峙
一只手按住冰冷的床榻
最早发现的某些不适
最终都没有找到答案

生活，这左右为难的拉杆箱
我用一只手抓住漂移的天空
没写完的信必须在灯光下写完
过了一半的日子，已无法清零

一首诗，也只能写到一半
爱你，也只能够说出一半
没说出的，即便不被时间收回
我也不会再将它们和盘托出

预　言

我将因此而沉溺——
这冬日午后斜阳里的衰草
那泊在湖面的孤零零的水鸟
被鸟声切开的瘦削细碎的波纹
一副木格窗省略掉多少风景
只将你的影子涂抹在我冰凉的脸上

哦，这冬天的涂抹
多么直接，固执！
阳光交错，树影斑驳、凌乱
将风中的低吟化成旷世的绝唱
一颗倔强的心，从来不曾妥协

遇　见

中年的相遇并不让我颓丧

就像某一次，在半山腰

错过了山脚下明亮的溪水

错过了一路上不断的鸟鸣

见到的也只能是后面的风景

但我并不因此而有半点失落

没有了沿途大汗淋漓的兴奋

一样错过了许多疲惫和紧张

半山腰，看得见云中瀑布

离山顶和天空也会更近一些

飒飒松风歌唱着从身边经过

我们就是那风中依偎的石头

抬起头，看着那树木高过头顶

山涧泉水和旷阔的天空呼应

我们将成为一条大河圣洁的源头

一边接受晨岚暮霭的抚摸

一边期待那满天星辰的告慰

置景：离婚室

在那临窗靠墙的部位
摆放一面巨大的镜子
任何角度，都能看见
两个人复杂的表情

那些开花的早晨
那些飞鸟的薄暮
那竖在天空中的云梯
那铺在月光下的道路

那些绚丽舞动的云彩
何时被你们失手打翻
那些夜半流水的眼神
什么时候被风暴掠走

在离婚室，布置一个
专门握手拥抱的专区
最早给你的亲吻和盟誓
请你一个不少地归还给我！

爱上你

将枕边的灯草再剪去一小截
将萤火虫闪烁的微光再一次捻暗
午夜，一朵花蹲在一张桌子旁边
大地陷落，老照片上的爬山虎
梅雨季有它慌乱潮湿的触须

一条路，一条街，一串脚印
那些蚕豆花、豌豆花、打碗碗花
用一堆草汁细心涂抹四月黯绿的手指
爱上你，爱上你春天草香漫溢的嘴唇
我残存的牙齿松动，不发出半点声音

所　有

所有的震颤，美，都从
这个阳光灿烂的上午开始
你被阳光努力压低的肩胛
你被春风故意抬高的胸脯
我的灵魂，瞬间转向远处——
那一片堆满阳光的小山坡

往往，因为面对着太阳
桃树的表面总有一些软弱
一朵朵桃花在春风里荡漾
但那风似乎有些来路不明
黄昏，一棵大树匍匐在地上
枝头的消息，被谁给接走？

四月，一树桃花开在枝头
月光正流淌在它的四周
哦，清晨，脚下的大地升起
那溪水、雾岚、砸开石头的露珠
"那个歪倒在桃树底下的大醉之人
春风，已把他扶回少年！"

一　半

悬在半空的屈原和李白
被埋到了一半的普希金

一条不停掉头的菜花蛇
小眼睛的田鼠走走停停

那支熄灭在流浪途中的烟
那个只愿活到一半的妇人

口中吐出的白鹳和鱼鹰
箍桶匠从身上挖出豹纹

一条血管无法控制的爆裂
一段时光无法收留的回声

江山一半，美人一半
爱，也只能爱到一半

我稀释的血液已点不着火
我干瘪的身体里只剩下盐

爱着你不曾被别人爱过的部分

我爱你——仅仅为了爱上
你不曾被别人爱过的部分
我特意避开你流水丰盈的少女时代

直接爱上了你的中年——
眼角的鱼尾纹、提前了的白头发
东郊的枫树林，一道泉水轻轻弯向安静的谷底
一轮月亮，鹅黄着，慢慢移过你干净疲惫的脸庞
路边的野苜蓿，遮掩你
渐渐干涩的嘴唇

爱你不再苗条的腰肢，爱你渐渐慢下的脚步
爱你坐在临街的椅子上那一串长长的哈欠
靠着我，你很快就安静地睡着了
星星，一盏盏纸灯笼
晃动你颈项的一粒黑痣

真庆幸这样的时候还能遇见并且爱上了你
你青春的歌谣不再，你艾怨的少女梦渐远
我，像爱一个少女般爱着你接下来的时光
一棵树，粗砺的树皮直达树梢
我爱上的最末端，是它生命最新鲜的部分

爱！从现在开始，还会有整整三十年

三十年——十年，读书、写字、接吻

十年，牵手、散步、说梦

还有十年，我们就这样

依偎着，头靠着头

在对往昔的怀念中，同时发现——

两颗风干的种子，就这样

星星一样，漂移，坠落……

爱一个人，让她瞬间变老

爱一个人，让她瞬间变老

直接老成六十岁、七十岁……八十岁

曾经说过的水边夕阳、那黄昏的江岸

林荫下的木栈道、刚刚退潮的大海

爱一个人，就让她瞬间变老，变成老年

六十，你已退休，有足够的时间可以自由支配

七十，白发稀疏，腿脚还能够走动

八十，你牙齿松弛，依旧能推得动一把轮椅

六月的傍晚细雨霏霏，轻风吹过湖面

一条狗，安静地跟在你们身后

不吵不闹，寂寞多年

暮年夕阳，走得比任何时候都快

爱一个人，就让她瞬间变老

老成壁虎、蜈蚣、墙上的旧报纸

牙齿脱落，依旧热爱歌唱

嘴角流水，仍然头顶花环

除了你，再没有谁会爱上她

老到直接就坐在了一把轮椅上

两个人，颔首微笑，回忆往事

只是声调在放低，语速在变慢
血丝缠绕的眼中滚落两行浊泪
一对快要说不出半句话的人
瞬间变老，已完整爱过一生

暮　年

我曾经执着地爱过这个世界
我曾经热烈地爱过世界上的女人
我爱过的日子，激情、生动，有虎骨膏的芳香
只是，到了你这里，一切就都结束了
下午的泪水，一个个翻不动的句号
白色的雏菊装饰着你的眼睛

我曾经爱过这个世界
到这个下午就结束了
我曾经爱过许多女人
到你这里就结束了
我曾经爱遍天下所有的文字
到这个字就结束了……
哦，这黄昏的天空，青草般的落日！

在一座山坡的背面，我写下
这个下午，你的名字……
自然，诗歌，音乐，自由
激情的风，朝霞和晚霞
我写下你，如同——
暮年，写下遗嘱

流　年

我终于明白：为什么不能再说爱！
具体到：对生活、时间、某一个人！
爱就爱着，而永远不要说出
走遍千山万水，爱，你千万别说出
一个字，说出来已经是疲惫、衰老

仿佛流年，那时间的沙漏
一切流淌到最后都可能是无
树木慢慢枯朽，大江将要断流
一条路刚出现又突然拐弯
最后，再莫名其妙地……消失

天空布满流水，大地流淌火焰
无数癫狂的夜晚和白天连成一片
开端还没找到，我如何能说出终结
世间万物，一切都会消逝
尚未生长，已经在衰老、疾病、死亡
只有爱，不说出来她就一直新鲜

只是要等到你自己彻底地老了
等到：你临终弥留的最后一刻
用仅存的力量吐出那游丝细细的气息

说出这一生：对一个人所心怀的

全部的崇敬、感激，甚至是告慰

月光百合

错 过

错过花丛，蝴蝶可以再飞一次
错过流水，石头可以将它留在梦中
错过秋天，天空蓝了大雁的翅膀
错过飞雪，梅花直接落进了泥土

而错过了你，我的长发
变成弯曲得解不开的细铁丝
青春错过青春，手臂错过手臂
绝不只是一个语义的变形和错失

庭 院

我是如此热爱这座庭院
白天，立得起一根阳光的柱子
夜晚，正好放进一天井的月光

重阳之日，雨声挤满小院
长在墙角的青萍发辫簪花
鬼魅的香气一直漫到墙角

名　字

开口打开草木香，一种植物
只能种植于你小小忧郁的庭院
透过天窗，一束光斜照下来
有你，青砖墙的边角是暖的
那白猫一样的月亮也是暖的
一整天，草木清香留在衣袖
我就在那阵阵花香里，徘徊

最终，那一片花香会升起来
烟岚一般，逼近我，覆盖我
一片青草还会埋掉我的骨头
含着满嘴破碎的牙齿，不说话
我只用舌根轻轻压住你的名字

故意长了这张黑山羊的脸

只留下眼睛和牙齿，我
故意长了这张黑山羊的脸
山岩上，草丛中，只有
眼睛牙齿才能派上用场

用雪白的牙齿咬断星光
用昏花的眼睛看穿白日梦

在闪电的亮光中慌忙转身
我怕开口就说出了岁月的真相

雨水自有心意

一场雨水使草木泛绿、石头变软
使所有枯死的植物
摇摇晃晃获得新生

它还缝补起生活
被风雨撕开的血淋淋的伤口
被爱情扯掉的活生生的皮肉

春天，替大地说出秘密
一切的愿望因为生长而达成
所有梦想，因为一场雨水
获得体恤和慰藉

灯亮着

进入二月
我书房的灯整夜亮着
灯光铺到窗口，照着
楼下那棵玉兰树

此刻，多安静
即便是子夜
我的阅读也不能有太大动静
灯光下面，我不敢轻声翻书

一读，那花朵就都开了
我的手指稍一翻动
玉兰花瓣就松下身体
乱纷纷地，直朝下落

中秋月

枕边白雪连着远处山冈
月光修改掉了整座榛树林

石榴和草莓的忧郁之诗
少女的胸脯塞满野木槿

手指间渗出的薄荷的清香
新摘的野菱铺着一地忧伤

芝麻胸前紧系的双排扣
昨夜的衣襟曾被谁解开？

跟着月亮学会搬运光和草药的香味
多年以前，我已经被自己哀悼过

回　忆

慢慢，日子被推回到从前——
手持一把蕾丝鹅黄的折叠伞
站在花朵边的那个人
记忆深处纸页泛黄的旧时光

所有的印象只缘于那个下午
秋日斜阳里的一扇门帘挑动
你手扶门环的动作唤醒了我
心底，沉默的银饰回声叮当

许多年过后，你我再次相逢
初夏的风轻轻吹过那片花朵
一粒雨滴随风飘起，一记雷霆
就这样，叩响我空旷苍茫的心

玉兰树

玉兰树是聪明的
天空已经有了那么多雪花

地上已经有了那么多纸钱
村口的砖桥上有了那么多预言

它知道什么时候该将自己收回
什么时候，可以让自己
变得可有可无

秋风令

风在半空发出口令：
让稻子熟，让菊花黄
让最后的花朵猝然脱落

让水色深起来，河流慢下来
月亮扩开湖水一动不动

让一个人弯下腰，不说话，不歌唱
一整块地的庄稼，闭上嘴

让一个人，紧挨着一个人坐着
我是他们手中的人偶

捉雪记

半夜推窗，一个影子照进来
完完整整盖满我疾病的身体

一只手刚伸出去就停住
一把梯子浮在了半空

哦，我的喉咙多么饥渴
谁趁着黑暗往这杯里倒水银？

捉雪如捉美人，可以拥抱
却无法抓住那双冰凉的手

捉雪如捉妖，一整夜
魑魅的气息一直浮在我身上

雪

胡桃木的桌子上短刀跌落
寂静的冬夜，倒扣干净的碗盏
满地银雪，说着我的前半生

雪，这北方的事物
相关的诗句确实太多了

落笔，我写下的只有白发、余生
大地紧迫，一片苍茫

月光百合

百合的花瓣是水银做的
它朝月亮倾下了 45 度角

她往一只大海碗里倒酒
月光滑过她透明的指缝

风中的百合，花瓣飘下来
一路落向秋天新鲜的嘴唇

不必说出一朵花的故乡与姓氏
我只记得多年前和你的偶然相逢

辩　解

我在去年春天寄出的鸡毛信
直到今年的秋天还没有抵达

我在少年时淌下的满脸泪水
一直到今天还没能完全收回

我在七月做过一场白日梦——
秋天，树枝摇晃，落叶缤纷

前世我曾经说过的那一句话
即使忘记，风也会帮我记住

直到此刻，直到你的声音传来
天上的星星，正在不停地辩解

拆　字

将你的名字拆开，拆成一颗颗
雨点，倚靠在一块巨大的石头

拆成水底的青荇，沿着河坡悄悄
爬上堤岸，你有青草明亮的嗓子

拆成幽蓝深邃的夜色，满嘴的露水
直往下滴，你的歌声也是黛青色的

一场大雾走来，模仿一轮月亮
我将你干净的光芒，背在身上

第四辑　远方书

去夏牧场的路

月亮不会一直停在山坡
早晨六点半，路边的苏鲁花
一碰到露水就自动打开

一只草原鼢在草地上凿出洞穴
我听见它满嘴的牙齿在滚动

像一颗颗露珠，将跟头
直接翻在了草尖上，鼢鼠的牙齿
有莫名其妙的野蛮和坚韧

去夏牧场要过三十三道梁、六十六面坡
谁能说准今夜的草原发生过一些什么？

牧羊人，目光怅然
几十年，他就这样手执皮鞭
望着这孤独的草原

空 出

为露珠和野花，空出这个早晨
为星星和月亮，空出这片夜空
为青草，空出越来越拥挤的绿色的胃
为风，空出这秋天、冬天和整个早春

空出山谷，留给持续不断的鸟鸣
空出山巅，留给那箭一般的神鹰
八月的甘南草原开遍鲜花，掉头
仅有的一百个山谷，远远不够

为牛群和羊群，空出这道路
为轰响的溪流，空出那深涧
那黑色的夜晚、白云的山巅
高处的雪水扑向干净的羊皮

空出这颗心，留给你的眼睛
空出整个梦，安放你的背影
空出潮湿的日记和厚厚的回忆录
八月的甘南，它天堂般的美

迭部：月亮

下午四点半，通往迭部的盘山公路
一个瘦弱的女人背负着一大捆青稞
一片沉重的烟云漂移向远处的山谷
蜜蜂的嘴巴，留着泉水清冽的回声

那个头顶花枝采摘山木耳的女人
那个点燃柴禾在石屋里过冬的女人
一把三角刀、一副鹿皮花纹的手套
那云彩、月亮，那慢慢转动的星辰

她引领的是否就是虎头山的流水
除了青稞，她的篮子还装些什么
挥刀砍倒遍地庄稼，石头的提篮
扣过来，是一顶巨大的碎花草帽

下午四点半，通往迭部的盘山道上
从山坡上走下来的背着青稞的女人
她的被树枝扯破的衣裳花花绿绿
抬头，一件酒神的披风挂在天上

一张紫穗花装饰的画满青稞的羊皮
那星空中升起的忽明忽暗的石头

黑暗中，湍急的水声展开又收起
半山腰，一只鹰投下巨大的影子

在草原上遇见格桑花

无边的草原翻卷起牦牛和羊群
那些黑色的石头、白色的山岩
苍茫裸露的戈壁，沙漠的远处
我一眼就见到了你啊，格桑花

开在溪流边的成片的格桑花
散落山谷的星星般的格桑花
蓝色天空涌起一大片湖水
格桑花是白云干净的倒影

格桑花爱穿最美丽的衣裳
格桑花爱唱最美妙的山歌
更多的时候它们只是孤独地开着
格桑花，你这草原安静的小女儿

在草原上遇见大片的格桑花
时间静止于那短短的一秒钟
在草原，所有无名的花朵你都可以叫"格桑"
面对所有漂亮的女孩，你都可以叫"尕妹妹"

民歌：尕妹妹

在那个叫桑科的草原上没遇上你
在那个叫舟曲的石头下没遇上你

在那个叫大屿沟的山谷里没遇上你
在那个叫玛曲的大河边我没遇上你

那彩绘的临潭、月光下的郎木寺
迭山和洮水被谁画上同一张羊皮

扎尕那，一轮月亮照着漆黑的山顶
五点出发的班车九点还没开出迭部

尕妹妹，我那川北以北的尕妹妹
尕妹妹，我那兰州以南的尕妹妹

向北，这一路上站着一片片沉默的青稞
向南，这一路上亮着一盏盏旷世的神灯

尕妹妹，早知道梅花鹿的花纹露珠一样飞走
尕妹妹，我何不干脆就带走那些盛开的花儿

夜行车

春夜，一列夜行车穿过甘南草原
推开黑暗，远处，油菜花儿轰响

背阴处的河坡，我听见一个声音
母亲，要领回旷野上迷路的羔羊

咩咩！你看头顶的月亮升得多高
咩咩！星星顺着青稞落到地里了

那草头上的露珠一直打着那脚脖儿
那夜行车驮着一垄地的莴笋和月光

星空下慢慢沉寂的墨绿的野麦地
仅仅为了遮挡住一排低矮的坟头？

甘南草原，油菜花的声音小了下去
春风鼓噪，最终抵不住一场腮腺炎

天　空

草原使天空不再遥远
当你一直盯着一棵草尖
盯着啃草的马匹、高高的羊头
草原的天空已不再有弧度

那些草尖和花瓣
那些草籽和马尾
草原的天空，你不能说"遥远"
尤其，当你的眼睛一直盯着天边

只有等到九月，秋天
那些白云、河流、山楂树和白桦林
那些旅人、漫游者、马背上的歌谣
那追着风声一路奔跑的草场

被云彩移动的天空的阴影
被马粪保留的大地和草香
一大片野花开向远处
月光围过母牛巨大的乳房

油菜花追赶着麦田

不能再这么欢快地追赶了
你看那麦田快要滑下山坡

不能再这么激情地奔跑了
那座毡房正挪开自己的脚

那些碎花的蝴蝶，小蜜蜂
跟着阳光四处采集花蜜的人

草原多大，那片油菜花就有多大
他们的心只比那油菜花小一点点

太阳移动，带着无边的油菜田
麦地跟着马匹，绕到一座山的后面

只有羊群，一直站在这陡峭的岩壁
只有我，一直在等待那无边的金黄

饮水者

黄昏，大风吹不动这片草场
搬走云彩的只能是一株苔藓

所有牛头和羊头都低下去
埋进河边的那一大片水草

琴声压着马头，仅仅为了
衬托出这七月碧绿的草原

夜晚，一河的星光逶迤过草地
我转身、离开，内心留下空白

能够养育牲畜的河流总是干净的
草原，马嚼夜草的声音如此清晰

捉雨点

夏天的雨水从半空跌落下来
一个小孩，在草原上捉雨点

落到草尖上，他没能够捉住
落到沙土上，他也没能捉住

他想抓住那雨水潮湿的头发
可那小雨点儿身子一闪就溜走了

他想按住那雨水的脚趾头
刚到半空那脚趾就脱落了

雨后的草原，那飘动的彩虹
雨后的水塘，那青蛙的欢鸣

他只能将手掌平摊在草坡上
等待雨水在手心里摆成花朵

森林，森林

流淌的水声使森林愈显茂密

沿着古老的额尔古纳河右岸

我看见一路的白桦和黑桦

白云追在一匹栗色马的后面

我的祖国，有最亲切的流水

隔着一条江，左边的山头

生长着一样的蓝莓和灵芝

大片土地深藏于幽暗的树林

沿途的树，挺拔、茂密

多年前，曾经被一场大火烧过

松鼠跳动。松果举起一座瞭望塔

蹲在山巅的星星反穿兽皮

头戴桦皮帽，猎人坐在一块

固执的石头上，手中枪管

比血更要灼热

那些桦树、红松和落叶松

被寂静的雾岚浮起的山头

被脚下的水流剖开的大石块

那在清晨的江边捕鱼的女人

一声鸟叫就稳住北方的森林

更加密集的鸟鸣成为夜的前奏
一堆原木留下一个时代的遗址
顺山倒！一片月光酝酿的采伐
从森林最黑暗的部分取出光明
狩猎者，放开最后一头梅花鹿

草原上的野花

做一朵草原上的野花
比太阳矮那么一点点
比月亮和星星高那么一点点
那些平凡的生命，它们的
生长和破败，盛开或凋零
每一天，都是一次见证

做一朵草原上的野花
出门，比马驹早那么一点点
回家，比羊群迟那么一点点
半路上，我和亮晶晶的雨水擦肩而过
那片低凹的山谷、深埋露水的虫鸣
哦，它们走过的，恰是
鲜花开得最茂盛的地方

做一朵草原上的野花
不问季节，不问颜色
不故作姿态，不留下姓名
不轻易开口，但不会寂寞
那些鸟儿、蜜蜂、云彩、河流
那吹动在无边旷野的
自由的风

更多的时候，我愿意
做一朵小小的草原上的野花
在这片辽阔的土地上生长、盛开
再一点一点说出深藏心底的秘密

一个理想如此粗糙又细致
一个生命如此卑微又热烈

七月的山羊不放暑假

七月之末，土豆开着蓝色的小花
北极镇北红村，中国最北的村落
乡村小学大门紧闭，铁锁锈蚀
卷闸门被拉出一个巨大的口子
操场上，一群山羊低着头啃草
七月土豆开花，山羊们不放暑假

黄昏，天刚刚下过一场透雨
蓝色的土豆花开得多么好看
玉米地边的马齿菜和小茴香
都跟着好看了。彩虹镶着金边
从一座木刻楞上升起，弯弯的
正好跨过村后的江水

一群鹅从一堆木头后面跑出来
（其实整个北红村都堆满了木头）
木头就是他们的房子，当地人
一律管这些房子叫作"木刻楞"
住着人的，升起一道道白色炊烟
没住人的，长着黑木耳和野蘑菇

蘑菇旁边就是玉米地和土豆地

玉米高一些，没高出远处的彩虹
土豆低一些，低不过脚下的土地
领着晚霞，打鱼人从江边回来
七月之末，土豆开着蓝色的花
低头啃草，那群山羊没有暑假

喊　叫

在北方幽秘的森林
我无数次对着远方喊叫
第一次，看见一棵白桦树
第二次，阳光不断修改秋天的花纹
第三次，惊起一只大鸟
那只鸟从森林里飞出来
最终不得不飞回原地

接着就是一块大石头
坐在石头上的护林人，将头转过来
石头的碎裂，不仅因为流水

一轮巨大的红月亮
椭圆形，带着毛边
刚被一只松鼠松开
就被一道泉水接住

一次，一次，无数次
为将内心仅存的光亮
送进森林最纵深的地方
我的叫喊，至今都没停下

喜　欢

替这些石头和松树说出它们的喜欢
石头爱穿绿色苔藓的裙子
松树爱在清亮的溪水中
洗头，洗脸，洗手，洗脚

树根下，那些蘑菇爱爬树
枝杈上，一群木耳爱偷听
树梢长到哪里木耳就长到哪里
蘑菇的厚嘴唇最适合模仿雨水

树根越粗，松果不一定越大
蓝莓果的颜色有些正反不一
朝阳的亮一些、背阴的暗一些
躺着，正好被那道月光穿透

清晨，溪水绕在山脚，露水打湿星星
那些啄木鸟，清清嗓子又飞走了
留下那些空空的树洞
清香的松枝，散落的松球
一群来自大山的调皮孩子
山坡怎么倾斜它们就怎么滚动

莫尔道嘎

五针松挑起新鲜的白蘑菇
黑木耳四处打听野山菌的消息
白桦、黑桦、樟子松和山杨树
这些大兴安小兴安的孩子
激流河的水声松开了坚果
谁随手打开这一坛鹿茸虎骨酒

杜鹃、刺莓、野百合
柳兰、越桔、达子香
鸡蛋大小的松鼠，拖着
一粒红豆在山坡上翻滚
梅花鹿在林中漫步，树枝上
晒着一张张新割开的狍子皮

溪水流淌，石头喊叫
一处幽暗深邃的山洞
一堆刚刚点燃的松枝
面对一朵绽放的野花
那只舔着幼仔的母狼
眼中泛起蓝天白云的慈爱

莫尔道嘎，北方最幽秘的

山林。在一大片草原的边缘
沿着贝尔茨河和额尔古纳河
夏天的暑气退到群山的身后
潮水般的松风，一阵一阵
拍打着我绿意蓬勃的胸口

不一定跑得过绿皮火车

北方，无边无际的森林！
避开这些粗大的木头
一列绿皮的森林小火车
有意控制着自己的速度

要认真看一看白桦林
要仔细闻一闻樟子松
岔道口的铃声叮叮当当
我是一只掉队的梅花鹿

那个坐在车窗边的小女孩
使劲扯着微微短促的衣裳
身边的少年略显羞涩
唇边的绒毛慢慢发黑

七月，无边的大森林
一颗颗滚落的黑乎乎的松子
放慢了一列绿皮火车的速度
蓝莓酒的味道高过少女的胸口

远行者

草原辽阔到让人心慌
乌云转过山坡，走向草原上
一朵朵迎风打开的无名野花
一道道闪电毫无控制力
它怎样把握方向和速度？

一切都陷于静默——
野花铺满大地，麦地波浪起伏
当马蹄裹挟着一场巨大的风暴
那片安静的草原猛然坐直身子
骤雨带着一场山洪疾奔而来

我，一个孤独的远行者！
一片被月光蹂躏的青草野花
在草原，当又一场风暴来临
闪电在天空掠过一道道蓝光
我已从倒伏的草丛中站起来
暂时忘却内心的绝望和伤痛

并不容易

在草原，一棵小草活着并不容易
让一朵野花枯萎也不容易
那道彩虹顺着山坡，那些石头
没留下半点回声

在草原，一场夜雨
那面枯黄的山坡就全绿了
一个眼神，那些花儿就都开了
早晨，一群小马驹领着牛羊在河边散步
山的那边，草尖上的露珠送来歌声

在草原，让一只鸟、一匹马
让那些散落山坡的牛羊，以及
脚下的野花，枯萎，凋敝，消失
都不是一件太容易的事
当我们走过河谷、山岗
转过一块巨大的岩石

在突然停下的马背上，我们所能看见的
除了一片星星的骸骨，只有这一座座
比泥土高出一头的坟墓

更　早

山坡，一朵花儿死了
湖边，一只野鸟死了
草地，一匹老马死了
远行的路上，一头骆驼
将驼峰埋进低垂的山梁

留下蓝莓，倒映天边的落日
留下雨水，安抚更大的山坡
留下一个人，他孤独瘦削的背影
留下一轮月亮、一座山巅
鹰隼在歌唱，天空在漂移

草原总是能够比我
更早感知生命走动的气息
默默守护这低垂的旷野
一路撒下干净的玫瑰花种子
面对河谷里一堆散落的白骨
大风中的神，它拒不说出
内心的绝望、死亡和忧伤

大风吹

大风吹，吹走道路、石头
留下山谷、一堆猛犸象的牙齿

大风吹，吹走黑羊，留下
夜空之下星星尖锐的喊叫

大风吹，吹走沧海桑田的面容
留下我，嘶哑的声音没有着落

大风吹，吹走天空、河流
一场大风，它已记不清——

前一场风刮在了什么时候？
坚硬的草籽，如何迎接下一个春天？

古老的村庄

这片黄土曾埋掉过多少亲人
一眨眼又将我埋下去大半截
这片淤泥曾堵住过多少喉咙
只是还没最后封住我这张嘴

一段宽阔的河床在渐渐干涸
童年的玩伴早已经天各一方
大肚子蝈蝈、夏夜里的蛙声
童年的梦总在中年将我造访

今晚我住在小村里，古老的
额尔古纳河就从身边静静流过
大河对岸，星星一颗一颗陨落
不知道哪一颗写着谁的名字

一辈子都不知道自己的籍贯和姓氏
从这片土地走出来，彼此相互指认
黄土没埋掉的，终究被时间埋掉
嘴巴没说出的，必将由墓碑说清

致 谢

仿佛是在致谢——
这些向日葵、磕头机
这紧靠着采油井的苞谷地、粟米地
这岸边芦苇、水中的夕阳
都在黄昏的风中低垂下头

一切都耽于沉默——
那芝麻花下面一排唱歌的嘴巴
那扬起了赤红脸庞的红高粱
怀揣天上取下的火，不得不
紧按住那唱歌的嗓子

九月，北方的秋天开阔、巨大
一个来自南方的人，有他
水气蒙蒙的青草嗓子

停止他的歌唱和喋喋不休
哦，成熟的大地没有回声

少数花园

一直到深夜，这一座花园
那些花儿，还只是开了少数

少数泪水，泪水里的诗句
少数啤酒，那低吟的泡沫

少数星星，天边简洁的乐段
少数蟋蟀，窗外露水的清欢

少数倾听者，那塑料的假耳
少数老虎，腹部紧束的斑纹

少数花枝，挑动寂寞的雨夜
天边的月亮，那暗响的裂纹

少数新，少数旧，少数回忆
少数疼，少数痛，少数的欢笑和眼泪

明亮的街角，夜被越坐越暗
远远，那个影子一直默不作声

花 香

通往海边的小路留出一面斜坡
盛开的花朵逐步显出了层次
野蔷薇，复眼的蝴蝶和蟹爪兰
最后，是那排白浪翻卷的槐花

整个下午，安一路藏在一段花荫里
两个人，手挽着手走向蓝色的海边
那些花从低矮的墙头一路开下来
两个人，我只能看见其中一个

那辽阔的大海我也只能看见一半
浪花，海岛，水中隐约的打鱼船
而我能够完整地感受到大海的欢乐
野蔷薇、洋槐花开得多么丰满、新鲜

每天下午，我就这样走在通往海滨的小路上
被树荫染绿的阳光沿着斜坡一路流淌下来
站在海边，回过头，我看见盛开的花束
花瓣覆盖住脚印，一直连着远方的大海

大 海

将你脊背上的盐屑倾倒下去
这片水域才会被称为：大海！
交出心底里仅存的一份温热
请赐我铁一般最结实的情感！

石缝里找牡蛎、海底下找珊瑚
用盐水洗嗓子，洗身体，洗心
斜斜的山坡上，轻风跟着细雨
我的呼喊，一直传到山的那边

船帆落下，波浪疾走，沙滩愈加开阔
一只只贝壳，被潮水一次次送上岸
即便是再小，再轻，再温柔
那潮声一直都藏在它的心里

我从来都不曾怀疑人间的爱情
像面对大海，我不能不相信盐

大海睡了，万物静默如谜

"万物静默如谜"，大海睡了！
睡在一张略显坚硬的钢丝床上
左边一把茶壶，右边一只烟缸
中年的火光在指尖上一闪一闪

大海睡了，那轰鸣的海浪睡了
大海睡了，那流动的海水睡了
被黑暗包裹的海洋和滩涂生物
喧闹的语言，那燃烧的火焰睡了

睡了，沉重的头枕着缓缓的海滨小路
星空苍茫阔大，覆盖着我们的身体
夜晚的大海披着它带褶皱的鳞片
从前和过往，流成今夜安静的月光

哦，大海和天空睡了，万物静默如谜
爱情线模糊休止，事业线一路下行
一步一步，含着星星一样晶莹的泪光
我从中年的身体里分泌出最后一点黑暗

注：波兰著名诗人辛波斯卡有诗歌《万物静默如谜》。

海有毒

整个下午，我一直看着这片大海
大海，蓝色大厅里抖开的一匹布
通常，那布是白色的，在你的北方
一匹布，紧裹着十万八千丈蓝色海水

半山坡，五月底的野蔷薇还没有开
你的青春是否还留在那青灰的小楼
指甲被石头磕破，浪花翻卷在沙滩
属于你的大海总有一种特别的味道

想起你，这北方的大海就是有毒的
贝壳和石头有毒，浪花和紫菜有毒
包裹着秦皇岛的一只花斑牡蛎有毒
你轻轻呼吸出的北戴河是毒中之毒

天空与白云有毒，青春和爱情有毒
一堵围墙深锁的十七岁的少女梦有毒
多少年了，想起那些在海边的日子
你见风流泪的眼睛还会被一滴海水刺痛

一只贝壳带走海风

在一个早晨，转身，离开
我的胸口塞满大海新鲜的牡蛎
背着一只只叮当作响的贝壳
一尾驮着浪花散步的金枪鱼
走到哪里，都喧腾着大海

大海，你知道我是专门为你来的
为你一切的可能、无限的不确定
在我眼里，海最终是一块一块的
不仅仅是那些细碎的波浪
还有那沿着山坡奔向大海的野花

离开，我不会忘记和你告别
也不会鲁莽地说出"你是我的！"
一个人，我仅仅只是从大海边走过
还没来得及看见你的浪涌、飓风和旋涡
怎么配得上，说："我，爱上了你？"

真正的大海绝非只是阳光、沙滩、月光
还有鲸鱼的嘴巴，岩石牢记的死亡气息
背着沉默的细沙，颠沛、流浪
离开你，我仅仅是那只灌满风声的贝壳

欢乐颂

那一滴雨轻轻地洒向麦苗
那一粒雪快乐地投向大地
我熟悉的牧羊人披着早年的蓑衣
坐在河坡，轻声唱——
红日出东方，光芒照大地

一句话果核一样击中我，
这一年，我又走过了许多路
大或小，每一条，我全都走了过来
这一年，我曾经说过许多话
对或错，每一句，都已经无法收回
我只能努力去熟悉、了解、学习
然后说：谢谢你啊——生活

谢谢窗外迎风盛开的花
谢谢门前默默生长的树
谢谢一切爱过或者伤害过我的人
爱我的人，让我学会如何更加热爱
伤害过我的人，教我学会加倍去珍惜
像昨天，所有的坏我都曾经经历
像明天，所有的好我都不能错过

八月过草原

八月，绿色的草原旷无边际
一个心藏神山圣泉的牧羊人
紧跟着被那一大片草地移动的云
不说话，以持久的沉默保留住内心
对天空和大地，我向来无穷敬畏

能否这样说出我和这片土地的关系？
向上一米，我对你的爱就高出一米
翻过 3500 米的日月山，月亮下面
谁能换掉高原上那一片青色的海

八月草原，金黄的油菜花还没有开够
大片的青稞，黄熟多日一直站在山坡
还有那一路开来又开过去的格桑花
在高原，一条大河都可以毫无理由地倒淌
风马旗，巨大的天空贴着坚硬的大地

天下黄河，今晚我站在青藏高原
转经筒转动着头顶灿烂的星空
山巅之上，一轮月亮迟迟不肯落下
巨大的石头上停着世界上最后一只鹰

车过德令哈

远去群山连绵，从西宁到格尔木
夜行的绿皮火车带着我一路向西
列车奔驰，黑暗跟着转动
群峰之下，头顶的星群秘密聚集

我就坐在这西去列车的窗口
感受被汽笛剖开的苍茫夜色
当呼哧的喘息变成哐里哐当的敲打
草原的夜晚是否会燃起蓝色的磷火？

凌晨 3 点 42 分，一个声音明显带着倦意
"前方到站，德令哈！"车速慢下来
石头和星星压住满车厢的困乏，六分钟
一个旅行者已将一个地名背在他的行囊

黑暗的德令哈！冷寂的德令哈！
一首情诗里秘密居住的高原小城
将回忆留在这片灯光暗淡的戈壁
今晚的高原月光轻慢，大地深藏孤独

黎明的嗓子，古老的靛蓝

黎明，谁在我的嗓子铺满靛蓝
谁在天边升起最接近月亮的云？
雪水洗涤双脚，带我走遍群山
朵朵白云，怀有怎样一种美意？

我累了，嗓子干涩声音明显嘶哑
激情的心，也已经显得有些疲倦
是天边那片深色的湖水诱惑着我
千里之外，将双膝弯向你的水边

用湖畔的油菜花，转动的向日葵
在你清冽的湖边建起一尊尊雕塑
岸边，每一棵草树，只要发声
必是一排清亮婉转的浪花和鸟鸣

在夏天的傍晚，我乘着夕阳来到这里
风掀落山头，只留下一场急骤的暴雨
雨水一点一点渗透，注入安静的河谷
留下我，要将一捧圣湖边的清泉带走

带走千年的灵芝虫草、诸神驻扎的群山
雪峰的背景下，谁给我空出这些流年？

脖颈的黑痣脱落，化成高原的冷水鱼
眼泪最终将成为这湖底的琼丹和珠贝

在可可西里眺望远处的雪山

沿着青藏线，一路走向可可西里
戈壁深处，昆仑山的群峰留出峡谷
抬头看向远方，一片雪山苍茫蜿蜒
冰冷的水银晃疼我堆满石头的眼睛

一片洁白的新雪站在远处的黑色山巅
这雪是否是昨天下午刚落下的那一场
雪地上，我最先看见健壮的野驴和牦牛
接着，是一群在草地上眺望的藏羚羊

沿着宽阔的公路，那些背包客和骑行者
叩长头的人正用双手和身体丈量未来
一条数千公里的朝圣之旅充满太多的孤独
唯有黑色的鹰隼知道这一路的苦难和风沙

在可可西里眺望远处那一路奔腾的雪山
绿色的沙木蓼和金黄的鸢尾花卷起波涛
那一大片格桑花都翻不过去的高原
一座座大铁桥，正运出生命中最坚硬的盐

天下黄河

泥土站在那里，石头站在那里
庄稼生在那里，树木长在那里
红尾巴的鲤鱼，它跳动在那里
河边上的号子，都回响在那里

遇到树根，那些泥土就停住了
遇到石头，那些杂草就停住了
牛群遇到鞭子，那鞭子就停住了
白云遇见羊群，头靠头匆忙赶路

"天下黄河贵德清"，哦，天下黄河
千里万里，唯有这一段流淌着清澈
站在岸边，喊出你黄河村庄的名字
喊出石头上一百种青草鲜花的表情
那些石头，只是生命的某一个段落

八月，黄河边，野花歌声错乱
"天下（那个）黄河贵德清——"
不说完这一句，流水就绕不出那片山谷
不唱出这一句，那个在黄河边放羊的人
就不会离开那片被阳光坐暖了的山坡

望星空

和天空对视，寻找一个红衣人的踪迹
她藏于大漠深处的欢乐、笑声与眼泪
一段深锁的爱情，除了我，鲜为人知

沙漠，几棵沙棘搅起阵阵清凉的晚风
被昆仑山故意放低的天空，星星由小变大
一片待熟的青稞，每一条血管都点着灯

活过千年的胡杨树，一丛茂盛的红柳
黄昏，天空撤退，繁星照亮一河雪水
坚硬的石头变身成一条口吐寓言的鱼

此刻，那倒悬的星星在说着什么？
那被晚风压得低低的草帽在说着什么？
眼泪，那一碰即落的夜空的蓝，在说着什么？

傍晚，一丛小芦苇在沙丘上舞蹈
石头吃掉星光，夜色抹去你的足迹
格尔木以西，一个红衣人，从此下落不明

露珠之诗

我将在这黑夜攥紧这对拳头
我将在这早晨摊开这副手掌
两只手掌，我只打开其中的一只
另一只，留给那雷电、森林、风

我将在傍晚时分关闭这些番瓜花
再在子夜扭亮一盏盏萤火虫的灯
我在黄昏的路上放慢自己的脚步
跟着一群蚂蚁，我，学会了搬运

我将收起树枝上残存的光芒
那太阳的、月亮的、星星的
还有早晨的河面、一条喘息的鱼
昨晚，丁香花落在那只蜻蜓的肩膀

那群结队而来的蝴蝶、蜜蜂、花朵
那因为风景渐渐慢下的歌声和脚步
光从一颗露珠的边沿轻轻滑下去
那车窗、那雨水割断的眼角的皱纹

大海之诗

必须赶在傍晚之前关闭这座空城
再用头顶的月光插上每一扇窗户
巨大的夜幕卷起满天冰冷的星星
海桐树，满枝果实已被潮声卷走

那些树木、植物、人和鸟兽
被发现、锁定、一个个破译
后面的浪花一直追赶前面的浪花
石头以断面保留了唯一的幸存者

所有的礁石、树根、瓦砾
星光一直闪耀在破碎的天边
空茫的大海、自由的梦境，打开它
必须用到鲸鱼的脊梁、流星的钥匙

多年以后，一切都将安息，只留下
渔夫、海盗船上的歌手、盲人演奏家
而我惊异于一个诗人对事物的判断
波浪，它所埋掉的时间、爱和笑容

芦苇之诗

我终将被撕扯——被风雨、被雷电
被那双伸出来又突然抽回去的手掌

我终将被掀翻——被海浪、被虎鲸
被沿着海水慢慢递过来的你的眼神

我终将被剥光——被潮水、被沙砾
被那片升起来又渐渐落下去的月光

我终将被消解——被波浪、被盐晶
被那一抹毫无来由充满悲愤的光线

被消解之前，我终于能够说出
曾经的许诺：如此谦卑地活着
我仅仅为了找到爱着你的依据

波浪之诗

梦见一群疾走在水面的海狸
梦见一把突然弯向天空的短刀
梦见四月，盛开在黑暗处的油菜花
一只水獭，粗壮的尾巴卷走整个春天

梦见鲸鱼，它沉浮不定的身体
梦见诗人，他无法分行的抒情
梦见海盗，他被星星弄瞎了的左眼
梦见绳索，那芦花倒提的白花花的碎银

梦见一条船，迎向渐渐熄灭的灯塔
梦见灯塔，那只灯光托不起的旋涡
梦见风，举起比天空更湍急的波浪
梦见礁石，压着比远方更辽阔的大海

梦见落水者，推着一条鲨鱼的尸体
梦见漂流瓶，那堆积在瓶底的名字
梦见月亮、星星的翅膀、口吃的太阳神
梦见大海，远去的波浪，不带走半点回声

草 原

如 果

我会带着一整车皮的星星来看你
再带着遍地奔跑的月光送你上路

月亮底下，仰起头，我清晰地看见
树上繁花，落了一层，又开出一层

一条河，不可能一直留在大山之间
临死之前，它会选中一截断头崖

在一棵大树身上感受海洋的气息
我应该怎样敬出这最后一杯酒？

山顶，我变成你手中的鱼类模型
月亮底下的吻痕，从此两不相欠

去过草原

那一年我去了草原
先是呼伦贝尔，然后是锡林郭勒

骑过马，骑骆驼，再坐勒勒车
草原上，敖包雪白，鲜花盛开

星星，一颗跟着一颗坠落
在比地面高的地方，停住

我去过草原，整个七月和八月
我的鼻子塞满青草、牛粪的味道

数月之后还有人托梦，从草原穿过
一只沉默的绵羊，脱下纷飞的白雪

草原上的云

草原上的云彩并无深意
它只是移走大地上树木的阴影

有时候，石头会长出翅膀
扑棱一下，飞向高处的云层

遍地黄羊，小马驹的响鼻
将一大片草原带到了别处

雨，总是在深夜落下来

灯光下，我被一个人叫醒

从黑暗中抽回来的手
放到哪里都不合时宜

草原上的绿皮火车

一棵芨芨草从泥土里探出头
一列绿皮火车绕过远处山峰

月光下，那些花朵戴着面具
它们正准备扒火车——
有些事并非出于童年的顽皮

看着绿皮火车就像送一个朋友出门
我不相信头顶的月亮就此彻底走远

我也不会跟着它，今晚，静静站在原地
青草、月光，会不会从身后一把抱住我？

酒

草原，任何一匹马的嘶叫
都不是常人能够拉得住的

一阵歌声带回了一大片草原
一壶酒能否带回马队和驼铃

只有等到暮色绕过一株白桦
松子香的月光被一只手扶住

整个八月我没写过一首诗
只看见露水的青草长遍整个山坡

在草原面前，在一壶烈酒面前
你千万不要说曾经深刻地爱过——

打马过草原

野花遍地。七月打马过草原
我使劲拽着手中的缰绳

是怕惊跑山坡的牛群和羊群
那欢乐的露水、哀伤的歌声

一半山坡，一半河流
一半日出，一半星光

野花遍地。七月打马过草原
一次次回头，马不会为了别的

天空下的花朵开得如此热烈
只有这片大地能够保留这片芬芳

呼伦贝尔

叫一声太阳，那山坡的头羊就醒了
喊一声月亮，湖边的木刻楞就睡了

望一望天空，那只鹰的翅膀就平了
唱一句远方，细碎的马蹄声就轻了

一提到故乡，那蟋蟀的琴声就哑了
篝火旁的亲人，牛粪火散发着草香

这个夏天，无边的花朵连片打开
唱歌的姑娘，马头琴声拍打着毡房

叫一声呼伦，你还要叫一声贝尔
喊一声太阳，还要再喊一声月亮

只有那样，你才能说你来过了草原
只有那样，才能说你去过白云的家乡

注：木头是北红村人的房子，当地人一律管这些房子叫作木刻楞

城市简史

解放北路的小药店。
长长的雕花柜台纤尘不染
那个仙风道骨的老中医
一边抓药，一边慢悠悠地讲古
"一只瓢凫游水上，一只瓢过了这条河
就算是城北了"。老先生语速缓慢，目光灼亮
苍黄的手指一带而过，满屉草药
他抓的就是不可描述的味道

下午三点半，建军路两头
卖熏烧的朱三胖子和熊氏高声唱和
葵花大脸，凌空照耀，城东城西，地阔天方
南城河路，卖小面的摊子一直连着城东油米厂
大河南、大庆路纺织厂门口，晚十一点半
一群小伙子袖着手趴在冰冷的自行车龙头上
准时将下夜班的女工送到她们要去的地方
一年四季，寒来暑往，风雨无阻

忠字塔(新四军铜马广场前身)
大众饭店门前打烧饼的老朱算我的半个老乡
每天清晨四点半准时生火
火光中，抡着一副青筋暴凸的胳膊

一颗颗汗珠跌落炉膛
他做的草炉饼，金黄酥脆，比早晨的太阳还要圆
上午八点十分，赶在向阳小学课间操之前
他准时将灶膛里的余火，一口吹灭

一个上午，建军路，工艺美术馆以东，
路两旁，巨大的梧桐树被连根刨起，无名的英雄憾卧沙场
时隔半年又栽上同样的树，树坑位置靠近，苗木大小相当
一河穿城，百河串场，接下来，从老轮船码头开始
民主桥、太平桥、牙河桥，一座座桥墩
被缓缓放低，桥上的人，他们的呼唤
离绿色的流水，越来越远

剩余的河流，被一条条填了起来
多年过去，大庆路的纺织厂早已卖给了个人
厂房越来越小，噪音越来越大，铜锣湾广场
一只破锣喑哑，登瀛桥头，鱼市口鱼腥渐散
耗时半年建成的千年水街
牌楼照壁，游人如织
高大的匾额金粉脱落
……

一个城市的简史，似乎不应该潦草到这一步
离我最近的，应该是昨天——
2016 年 8 月 4 日，下午四点
大庆中路上的宝大祥浴室，四个

赤条条的搓澡工，不知如何说到了
三十年前大庆路上的某一场大雨
哦，那一场雨真是太大太大了
油布雨伞打开旗帜，塑料雨披翻卷在头上
一场大雨，四个下夜班的女工
从此成了他们的亲人

公元 2016 年 8 月 4 日，下午四点，大庆中路
宝大祥浴室的四个搓澡工，遥远的怀念里
有寒冷的冬夜一碗粘稠的小面汤的温暖
说着说着，声音，突然低了下去——

四个人。四个当年在大庆路边
袖手趴在自行车上的男人
四个赤条条的搓澡工，最后
他们说的是——

打了一辈子烧饼的老朱
今天一早，被推进了炉子……

黑衣吹箫人

挽幛缟白，风踏残花

冷冷的灯光蒙住一张脸

黑衣吹箫人，下午出门，我还看见他

端坐于门前小院——一把椅子，一壶茶

和往常一样，他还是那么专注地

朝那支伴了他几十年的箫里，吹气

干净的小院。一把藤条的坐椅

椅背发亮。树影轻绕，叶落于阶前

裹一袭黑衣半靠于椅背，戴马蹄眼罩的睁眼瞎

我看见他隐藏的白内障，他依旧对着箫孔

吹气，但显然有一些吃力

他的嘴唇已经被时光放平

他眼里的白最终被黑夜填满

黑衣吹箫人，许多年了，我看见的他一直就是这样

端坐在小院门前那把藤条编织的旧椅子上

一支跟随他多年的箫，他那么专注地

吹呀、吹，将正午吹向黄昏，白天吹进黑夜

黑衣人，一个吹箫者，一个睁眼瞎

从头到尾不说半句话，他和我一样

都是有想法的人

知道鲜花不仅在春天奔跑

知道落叶不仅在秋天凋零

记得时间乘着流水，一道光线从房顶上压下来

他看不见，却能牢牢接住

他就用这掬满光线的手，不紧不慢地

抚向那些箫孔，在你不注意的某一时刻

盲眼的吹箫人，在半空中

熟练地画出太阳、月亮、星星

一把椅子、一壶茶

门前篱下，野菊花盛开

吹气！鼓起腮帮朝箫孔里吹气

藤条编织的椅子，吹箫人，一个张开嘴巴却不说一字

睁着眼睛却感觉不到半点光的黑衣吹箫人

每一个走过他身边的人，都能听见

他眼前的虫鸣流水，看见

沾满他衣角的重重花香

现在，藤条椅把就要脱落了

吹箫的人，他的箫声慢下来

夜色涂满箫孔，梦幻布满深渊

吹了一辈子，黑衣吹箫人，他想不到

到了最后，能够稳住声音

却握不住，那把箫

挽幛缟白，马踏残花

我熟悉的黑衣吹箫人

童年的太阳、月亮和星星

深藏于昼，大隐于夜

他的生命、爱和呼吸

就此停止在他自己

歌唱了一辈子的嘴里

十九片雪

腊梅的香味是有坡度的。

下雪的夜晚，一个人沿着河坡散步，越往上走，那梅花的香味越浓。

如果我喜爱过某个冬天，一定是因为下了一场雪；

如果我喜欢过某一场雪，一定因为那雪中的背影。

雪落花开。

被你的眼神拨动，千里之外，一朵梅花下面，鱼说话。

从计划到形成，一直到最后的不见踪影，雪的一生，再远，远不过一垄麦地，再长，长不过一声乡音。

一片雪花在天空中撕裂，一只鸟儿冻死在了路上。

雪花，那一只只死掉的钟摆，月亮在树下布置了一架纸楼梯。

不因为一场北风，雪才出现；

不因为对天空和大地的怀疑，一场大雪，迟迟不下。

必须在天黑以后，寄出这封信；

必须在黎明前，交出全部的诺言。

一场大雪，铺天盖地。无数人拥挤在一条潮湿而温情的道路上，秋天未及说出，冬天已给出答案。

故乡的雪是下不完的。几十年，每一年的梦中，我都会看见有人在扫雪。

一片一片，头顶的雪花，依旧在飘落、堆积。

深夜时分，深一脚浅一脚，凭着风雪的方向，我依旧能走回我的老家。

"我是姓雪人家的穷孩子！"

多年前的冬天，儿子随口说出的一句话，无意间泄露了一枚雪花的身世。

多年后，跪在故乡新翻的泥土上，看见父亲为祖父的棺木封钉。

北风中，一枚枚雪花被死死打进去，空空的回声，瞬间，带走了我们。

雪花在天空中飘来飘去，鸟在天空收集到了半张饭票。

另外半张，落在了春天。

写雪，无非是写鸟和童稚，写那落下又飞起来的钟声；

写雪，无非是写白和干净，那无意间掩盖的罪孽和丑恶。

大雪之夜，神以无声的发问，训练大地的沉默！

被举起，被确认，被千军万马簇拥——

今夜的黑暗中，雪花舞动猎猎的旗。

被遣散，被遗弃，被鼙鼓号角吹熄——

这明亮的星光，雪花穿着明天的黑。

雪花有自己的小名。

在风中，檐下，老家灶台的拐角，只要你轻轻喊一声："麦子——！"它必然猛地转过头来。

雪花落下来又被轻轻捉回去，香橼树下，一条鱼翻到半空。

一片树叶旋落，风生出翅膀，随手捉住的，是下雪的念头。

第一场雪落下来的时候，我正在一首诗里锯骨头。雪用花朵在大地上建筑，一砖一瓦堆出一个春天。

雪落下来，声音轻轻的。

即便再轻，我也一下子听出它保留着老家的口音。

一生经历过三场大雪，一场落满大海，一场堆成高原，一场，安静地停在故乡。

如今，前面两场都不见踪影，只有这最后一场，随我多年。

被怀疑，被否定，被掩埋——

一个人影在树影下铲土，我在一张白纸上画一条河流。

雪的态度是肯定的。将一片大地覆盖，必须先剔除人间的肮脏之物。

要为一场迟迟不来的大雪，找到一个借口，为了一个夜晚，我将白天写错的文字，重写一遍。

圆圆的月亮置身于林中。

雪，一片一片撤离天空，更多的时候，仅仅用作对于自己的哀悼。

除了大地，那干净的雪，它真的看不起这人间！

以净美诗意朝拜大地圣殿

——姜桦自然主义作品评述

黄恩鹏

　　"在海边森林遇见一只棕皮松鼠／好比繁华的街市遇见一头大象"；"在森林里，一只松鼠跳跃，快闪／它的右手边就是高出云岫的风筝"。这是姜桦《在森林里与一只松鼠相遇》的句子。一只赤褐色的松鼠与我对视，我上前一步，它跳开，把一座森林搬到了我和它中间来了……我想起梭罗《瓦尔登湖》里描述的意境。两位不同国度不同地域不同时代的自然主义散文家、诗人，理念上有着某种契合。梭罗，奉行着生态中心论或者自然中心主义，因此我喜爱梭罗的自然文本。也因为热爱净美的天地，我喜欢阅读姜桦写的这些自然诗篇。"一只鸟，如此，匆匆忙忙／怎样才能躲过自己的痕迹？"（《暮霭》）"跟着一头牛，它青草的嘴唇／它翻卷的舌头、忧郁的眼神／它黄昏时分不紧不慢地咀嚼／它嘴角流淌下的绿色的汁液"（《跟着一头牛找到故乡》）"一个女人坐在对面的大石头上／春风吹来，一下子灌满她的胸脯"（《春风辞》）。松鼠、飞鸟、露珠、月亮、豌豆花、野斑鸠、鹧鸪、麦地、油菜花、老牛、草原、贝壳、大海、桃花、鸟窝，野葵花、金钱盏、紫地丁等，都成为诗性的仙灵之物。对自然物象的观察，即是对故乡风物的赞美。姜桦像一位风景画家，以风霜雨雪润染、调色，然后着墨，画出大地风物。让我品咂到了"自然主义之大地诗经"般的深邃与生命精神的纯净的思考。

　　姜桦生长在黄海之滨。他的故乡有一片叫"条子泥"的滩涂地。那是一个异常美丽之地：云朵低垂，如莲漂浮。一堆儿一堆儿的大米草，漂在水上。还有红红的碱蓬，向天边绵延铺开。而在此前，我读过他不少写海边滩涂的诗文。条子泥，海边的草原。大地生长的深红。还有自然乡村的醇朴之美："骑着春天的人，找到了雨中的麦地。""桃花开得人心里慌张，枝头的花瓣已被摇落了一半。""春天是被我吆喝着走的。""必须找到最合适的朗诵者，每一只蝈蝈，都有一副好嗓子。"……听听天籁，看看天地，美轮美奂。诗人澄怀味象，涤除玄鉴，纳天地万境于心。而我，在摘抄他的诗句时，总会不自觉地忘记了这到底是鸹鸟唱出来的，还是鹂雀在天地间画出的妙想？山野呈大美，河流献绝唱。作为诗人和散文家，姜桦耳聪目明，对自然声响和草木气息有着惊人的辨识。他逡巡海边，漫步田野，阅读春天和秋天的意境。他既写诗歌也写散文，既写虚构也写非虚构。他"怀抱着露水"跋涉大地，自然透彻的质地，在他的内心，闪烁着迷人的光亮。

我曾对姜桦说，你的"滩涂"就是你的"瓦尔登湖"，而你，就是孤独的梭罗。海边滩涂，好像唯姜桦之独有。夜晚，他站在滩涂之上，望夜空星月，他想着要用一支苇笛唤醒泛着轻漪的海水。"一条鱼，慢慢沉向透明的河底／提着一盏灯笼站在路边／野葵花从来就不会孤独"（《姓氏》）一株老树，站在岸边，姜桦猜测它的年龄到底有多大？那是生命意蕴的思考，天地之畔的揆度。一些带着乡土标签式的自然符号，在姜桦唯美的文字里常读常新。回乡和离开，"离开故乡，那些方言和俚俗／离开近亲远眷、百感交集的家族史／将那些石头埋得深些、再深些"（《离开》）的思忆，"一粒细小的泥土，谦恭，沉默，一辈子不说话……"（《掩埋》）等剜心的思恋。自然主义作品之多让我惊叹。他崇尚的自然中心主义也叫生态中心论，利奥波德、约翰·缪尔、约翰·巴勒斯、亨利·贝斯顿、爱默生、蕾切尔·卡逊等，都是与人类中心主义对立的自然中心主义的引导者、国家与时代命运的担负者。这些年，我一直关注着"乡愁意绪"的作品，关注生态命运与人类伦理。姜桦用开阔的襟怀，拥抱大地旷野。他的作品，呈现的是自然主义之理想，凸显的是"自然净美"与"人的道德"的思辨。

姜桦是一位思考型的诗人和散文家。从他的作品中即可读到那蕴藏的自然思理。我想，无论是千种主义，千种意义，生态之净，才是人类共有的理想。因为人类的生命庚延，离不开自然的充盈。姜桦早年寄赠的诗集《灰椋鸟之歌》《黑夜教我守口如瓶》和散文集《靠近》，都是他自然的圣经。时间一晃过去了五年，我已读完，但读得很慢，每一次都会被语言的纯美、文字的俊逸所感动。每一篇、每一首，都是那般的诗意充沛，笔意纵横。盐城的滩涂是美丽的，因为海水的洗濯。"一只贝壳带走海风"，那只"贝壳"其实是他的内心。没有自然对他内心的净化，哪有净美的诗句？慢读细品，不禁喟叹：只有心灵澡雪之人，才如此守持文学之冰清玉洁。

姜桦的文字纯净，精雕细镂，纤羽毕现。而文学的要义，是慰藉心灵、施洗他人。或许当了二十余年编辑之故，我对文本要求一向严苛，字句标点，皆要经心灵之筛过滤提纯。平时阅读，也是有选择性挑剔。在我看来，文本者，棋局也。我以为，一位以自然为主体的写作者，不仅是造境高人，更应是异想天开的幻想家。比如《牵着一头狮子回家》《露珠是可以抱在怀里的》《带到别处的光亮》等，是文字所寓含的神明的发现。对诗文本而言，是隐秘中心。可是，在荒芜的天地间，寻找救赎灵魂的出口，总是不易的事。姜桦的文字，追求的是淡远心境和瞬间永恒。他能从一株树壮硕的根脉，窥得见枝柯的粗壮、果实的鲜美。从忘却中恢复梦境般的际遇，让时间和空间在流传中，完成奇妙的灵魂沐浴，并将语言进行炉火纯青的铸炼，让文字有牵动心魂的魔力。当然，文学是漫远的长途跋涉，力道懦弱者，或许中途退场，只有力道刚挺者，会浴火走向深远。早年的《灰椋鸟之歌》求证的正是这个魔力的存在："滩涂，故乡。之于我，一条小路的意义或许就是一首诗歌的意义。而对于一段感情，我郁积于心灵深处的焦虑尚未被文字说出，就已经是一个灵魂昨天和未来的去向。"这段话无疑是一种文学价值观取向的宣言。现在，我眼前漂移的，不仅仅是"滩涂"所替代的故乡的文化符号，还有山岭、大海、田野、树木、花草、漫天的鸟叫和握满了掌心的虫鸣，这些在姜桦笔下出现的自然物象，都暗示我进入文句的缝隙，剥取隐藏的黄金。

"我一直说不清自己的籍贯／就像滩涂上那一片结实的芦苇／将自己稠密的根须深扎进泥土／谁能确切地说出它们的由来？"（《籍贯》）可以看出，姜桦有意让自己的精神步履流浪天涯。这种浪迹本身，即是对心灵的放纵。或许他深谙独到的语言，会取得陌生化效果，作品一概呈现对于自然大地"改变了"的忧伤或者说孤独中的深重怅触。文字也闪烁着浪漫主义的理性，既观察自身也观察社会。这个"自身"其实就是故土情结，这个"社会"其实就是自然大地的一切物象。每一个物象，都会在时间的流逝中有所改变。而在我看来，一位注重灵魂重生的人，是不在意肉体之累的。他不停地将物质要素归还给大地，所留下的则是一个人真实思考。这便足够。那么，对自身存在的怀疑，更是让这种效果凸显："我的病是由一条小河引起的""我的病是由一片炊烟引起的""我的病是由那座村庄引起的""我的病是由那阵乡音引起的"。而再也"回不去"的故乡，其实就近在他的身边。这种有意的疏离，是对人世的叹惋。"遵四时以叹逝，瞻万物而思纷"，诗人在万物变迁之象兴发感叹。牵挂着的是无情的时光之逝，那些积攒的"病症"，每一个人内心都有。我曾有"思念是内心的一种顽疾，我爱上了这病"的句子。与他不谋而合，道出了生命中最为镂心铭骨之所在。其实就是从我们自己内心萌生的对故里的思念。"家园意识"是诗人创作的主题。这个主题，是"超世累"所致。尽管有时候如艾略特所说的精神荒原。但是，在孤寂的痛楚里，诗人仍在不懈地寻找自赎的办法。这个世界，只要我们的心灵在，这个世界就是我们的。我们目之所见足之所履，就会跟其他植物一样，被新月和星光照亮。我们自己就是自然。我们就是：一滴不知道方向的水、一枚飘到了他乡的树叶、一小截瞬间产生的细小的雷电……

姜桦这样写："那最后的记忆一口吹灭"的叹息之冷……"春到深处，世间万物情不由己／痉挛，战抖，俨然一个爱极了的人／而你乌黑的头发、挺拔的鼻梁和杏红的嘴唇／我在这个春天经历着一场巨大的错觉"（《春风劫》），这种有如轻雷的忧伤，是诗人倾听自然所得。它是经历，是内心的扫除，是坚持的思念。我有时想，人的记忆提供的面孔和手势，为的是给内心深处的幽魂，安上一个可以出入的躯壳。但是，一旦记忆被实证或者被解构，那么就会消殒仅有的幽魂。那么幽魂就会把我们从记忆中驱逐。如果不是这样，花费力气去寻找故土的残片，又有何意义呢？诗人忆想故土，总是精骛八极，心游万仞。把自己当作故土的一棵经年老树抑或一座山岗、一条小河，让其在记忆里永存。

某年夏季，我曾与姜桦在青海湖相见，尔后和他一起到格尔木游历。从胡杨林、察尔汗盐湖，再到昆仑山口和可可西里荒芜的草原。远处的玉珠峰和玉虚峰，近处的纳赤台和红柳，昭示朝圣者的脚步。我们走走停停，梦想被自然之净吸摄。每到一地，见到不远处的雪山、湖泊、草原、溪流、藏羚羊，姜桦都孩子般惊喏、赞叹、手舞足蹈。这位来自南方海边的汉子，恍如重归故乡，他被秘境的壮美俘获。短短几日，便有力作。《车过德令哈》《在可可西里遥望远处的雪山》《八月过草原》等，显然就是那次采风所得。世界很大，有些地方隐藏着无法言说的神性大美，有些地方却是在幻想里才可见的风光。或者说有些地方，除了想象，还包含了宫殿或蓬蒿都无法企及的另种生命与精神境界。这当然在于每个人内心不同的感悟和发现。我想提笔，却已踌躇。由此观之，他是一位敏捷的思考者，也是一位勤奋的诗人。有一个细节：离开格尔木的深夜，为了不影响我休息，他竟然抱着笔记本到卫生间写作。这种宗教般的虔诚创作，慵懒的我，无法做到。

这与他所感受的"滩涂"故土一样。姜桦是个外在粗犷、内心缜细的诗人，故土风物，乡俚情怀，"滩涂"大意象在笔下呈现。在我看来，姜桦的"滩涂"意象群，明亮、开阔，什么都会呈现，什么都一览无余。这样一个心灵磁场，作家内心所想，皆是澄怀味象之作，照鉴的是神思。海德格尔所言"遮蔽"与"敞开"之辨，将在作品里闪现。一朵花的存在是美好的，一根草的存在同样美好。一只鸟呢，亦是如此："树上只剩下最后一片叶子了。""后来我发现，那其实不是什么叶子，它是一只鸟，一只我所熟悉的在这根枝头上歌唱一春一夏的鸟。""秋凉水薄，树枝上的鸟，它始终没有飞走。"（《树上的鸟》）"天堂的歌声回响，蛰伏的蜥子走出来。两只蜥子在一块石头上剑拔弩张！"（《天堂的歌声》）对物象的体察、暗示及喻象运用，都是那么到位。但若是没有真正意义上的自由敞开，也无法知晓那些被遮蔽了的有关生命思辨性的存在。我读他的全部创作，包括此前的《大地在远方》《灰椋鸟之歌》和这一本《调色师》都是如此，有如梭罗的瓦尔登湖或贝斯顿的科德角。"滩涂"这个大意象，是故土和生命的全部，贯穿他的全部创作。除了诗歌，姜桦还写了不少优秀的散文和散文诗。他在《向乡村靠近》中这样写："向乡村靠近，靠近它的村舍、小路和炊烟，靠近那片土地和庄稼，靠近天空的雨水、云和小鸟，靠近扶犁耕耘的乡亲们粗糙的手脚和火热的胸膛。"

　　这或许就是他文学理想精神向度或者说是他对文学秉持的立场。当下我们的文学家，立场有时候是模糊的。一会儿慷慨激昂，一会儿胸积块垒。立场出现了灰尘，失去了光泽，就不是立场。它只能是讨要利益的工具。故此，我在阅读方面，尽量远离那类作品。我倾心唯美，喜欢神启之作。而倡扬生态中心论的文学作品，在当代中国文学中，却是很少很少，这不能说不是一种悲凉。现在，我在姜桦的作品里，却意外发现，这不能不让我感动。"麦子已经收割了，我在下午或者更早些时候就已看到。其实，不管置身何地，头顶的月色和星光总能测出我的心与天空、与麦地的距离。"（《月光》）"我站在灌满阳光的田垄上，泥土下生长着的土豆缄口无言，这有点像我沉默寡言的父亲，他的一段来自久远年代的叹息。"（《土豆》）"世间万物，是否只有远离了才算是永恒？""我只知道，那靠在一起的波浪，如此密不可分。"（《不可分》）"灯盏。水中的灯盏。几十年，我看过的所有灯盏，没有一盏是这样从水底下突然举起来的。也没有一盏灯，能够像这些荷花一样，散发出这样一种淡淡清苦的香味。"（《荷叶灯盏》）"夜半醒来，月亮高高地挂在天空。推开窗子——那月亮并不远，吸一口气，那六月夜晚的月亮似乎就会跟着我呼出去的气息，悄悄回来！"（《荷叶灯盏》）。诗人呼吸自然的赐予，打开旺盛的生命，愉悦中体验每一缕清风每一滴细雨，分辨它们对于人本身的细微改变。个人亲历性与历史积淀性相融，在文字里倾注生命体验，让内心观照客体事物，有很强的个人化色彩。这种"镜像式"的、感性和理性结合的诗歌特质，是一种通向先验的、对于叙述主体的感知。从某种程度来说，诗人咏吟自然，流荡一种意味深长的大天地之惆怅感。文字灌注回忆，一种情形是将往昔的情景与现实生存状态分别以完整的意象化方式并置，从而形成情感与心态的明显反差。世界以"图像式"的情景再现，心灵以"记忆式"回馈梦想。这其间，就已然包含了自然文本的审美理想。

从 20 世纪 80 年代末至今，姜桦的诗歌写作已经持续了三十多年。很明显，他试图打造一个属于自己的"乌托邦"的文学理想之地（他的文字有一定的理想主义成分。）"桃李春风一杯酒，江湖夜雨十年灯"，通过忆想印证镜像的生命本态，使之成为恒定的"图式化外观"，诉诸读者以审美感受，使幽闭于写作者内心世界的回忆，得以"敞开"，成为永恒的人生态度。如此，诗性文字是重返精神家园的道途。那么，这个为自己也同时为别人的道途的指证者，其实就是写作者、诗人自己。

姜桦的作品，一方面让我想起超验主义所探讨的哲学、神学和文学，通过直觉来认知真理，并用直觉来进行的精神体验。另一方面强调的是自然对灵魂的温熨，认为自然是人类灵魂的影像或外部表现，是神性的力量在我们内心深处所进行的一种投射。因此，他关注卑微事物，观察细致，发掘独特。他将这种独特看作某种象征符号，从而得到观察事物的审美视角。

"故乡的土地，那一片阳光和月光／弯腰，低头，两个拾穗者，将田野／逼得越来越小，直到黄金的麦茬／将她们低矮的影子一寸一寸割断"（《拾穗者》）"鸟的目光一直都是向前的／就像我，一个人走路／从来不去看自己的影子"（《前方》）"从你的身上，取走这平原、河流、断崖、深壑／从你的梦里，取走那石头、雷暴、闪电、峡谷／取走蒺藜、树枝、一把火山灰的热、几根碎骨头的冷／取走清晨、黄昏、黑夜、被撕开的青草蟒蛇的皮肉／取走蜂蜜、歌谣，玉兰花瓣点燃的火焰／那一处伤口，蹲着早年的明月"（《取走》）生活意象在时间里跳跃。纳瓦罗认为：你写下生活，生活似乎是一种体验过的生命。为了写好事物，为了用你自己的语言把事物诠释得更好、理解得更好，你越是接近事物，距离事物就越远，事物就越发逃避你。于是你抓住距离你最近的东西：既然你距离自己最近，你就言说自己。成为作家就是变成陌生人，就是变成外人，你就必须开始理解你自己——这与恩斯特·卡西尔《人论》有着某种相似之处：认识你自己。认识自己成为文学的最高境界。一如姜桦在《调色师》里的许多对生命本体的追索。还有，他受古代山水文本的浸润，也实证了创作的丰赡。

意义离去，世界被心灵捕获。自然是大宇宙，人类是小宇宙。或者自然为主体，人类是客体。生命的心灵是属于天地的。诗人与物象之间的角色相互"置换"，才会发现诗性的存在。王夫之认为诗性的体验缘于对自身的关注，它是以有限传递无限的审美势能："可兴，可观，是以有取于诗。以追光蹑影之笔，写通天尽人之怀，是诗家正法眼藏。"宗炳认为，内心澄怀味象，方能迎纳万物。我认为：不管钥匙多么小，它的意义在于能够打开家门。姜桦踞守有限地域，放笔千里驰思，意义非同小可。在姜桦的作品里，我读到的是人之本体归入自然生命的存在感，有如约翰·缪尔的《夏日走过山间》、亨利·贝斯顿的《在科德角海滩》、梭罗的《瓦尔登湖》和《野果》。秉持自然主义写作理念的他，在一部诗集后记中这样说——"大地开满鲜花。灵魂自由去来。遥望远方，辽阔的大地，沉默的大地，我的心渴望着最后的抵达。"

2020 年 4 月 30 日—5 月 4 日
写于北京

（作者系中国作家协会会员，解放军艺术学院艺术研究员）

爱以静默说出了消逝

——姜桦诗歌阅读印象

张作梗

　　大约在 2012 年或稍晚，姜桦有意绕开他熟悉多年的"滩涂"，开始向别的领域（题材）寻求写作上的突破和慰藉。这是一个很有意味的现象。按迪斯查勒斯"对比过去最好的方式就是享受现在"的说法，作为一个成名已久的诗人，姜桦完全可以在其标签式的"滩涂"上优哉游哉地生活和写作，事实上，在以地域题材决定诗人高下的中国诗坛，如此继续写作也不失为良策。但姜桦不。持续多年的写作也许使他偶一抬头，看见了"滩涂"之外更为殊异的风景，也许人过中年，他终于悟到"要改变语言，必须改变你的生活"（沃尔科特）之必需。他起而转向，朝另外一个更为开放的空间走去。

　　这是我刚刚读到的姜桦的一首新作，当然，也是迥异于以往的诗。

　　　　我曾经爱过这个世界

　　　　到这个下午就结束了

　　　　我曾经爱过许多女人

　　　　到你这里就结束了

　　　　我曾经爱遍天下所有的文字

　　　　到这个字就结束了……

　　　　哦，这黄昏的天空，青草般的落日！

　　　　　　　　　　　　　　　　——《暮年》

对于内心生活的自省和拷问，以及由此派生的对于爱的追寻，开始频繁地出现在他晚近的作品中。相比于早期着力于对外在之境冷静地摹写，他在此一全新领域的探索无疑要艰难得多，自然也更为令人心醉神迷。他开始回避那些熟识的大词、大物、大人，转而关注起一株盐蒿草、一朵"挂满星星的蚕豆花和豌豆花"、一垄比祖父的坟墓还要高的麦子、一个"说出了爱，再说出恨"的女人。这种"心向上飞笔朝下掘"的姿态，使作品多了摇曳感和亲和力，诗句也平添了诸多生活的况味：

那水边暗红新鲜的芦笋

水中晃动着蝌蚪的尾巴

一片叶子飞向裸露的树枝

你找不到那只小鸟的住址

——《春天里》

通过物→物的更替和交接，空间开始有序流动。这种发轫于内心转而寻求对外界之物的指认，使诗歌有了清晰而悠远的回声。我们读他的《遗嘱》《弥漫》《不得不承认自己老了》《半夜里突然下起雨来》《露水是可以抱在怀里的》《古老的村庄》等诗歌，莫不感到这是一个以生命和呼吸炼词造句的人。他的诗歌也立马从那些"玩诗"一派中离析出来，获得了自己独有的"指纹"和"面相"。尽管偶尔也会越过传统，在诗行中来一次现代或后现代的"太空漫步"，但从内核上来讲，姜桦的诗始终是民族的。他摒弃不着四六的翻译腔，坚守汉语言的纯洁性。他的感觉的触须总是在故土、亲情、爱中穿越、摩挲。他写祖父的诗《回乡记》，语调是如此平和，然而里面透出的情感又是如此蚀人心骨——

父亲指着那片干净的麦地

黄昏的麦地，比旁边的明显要高一些、深一些

被填平的是我祖父的墓地，我的祖父

曾经是一个地主。现在，他长在别人家的青麦地里

他的身材矮小，连最矮的那一株麦子，也比他高

多年以后，我再次回来，那片麦地已经没有了

"喏！就是这里，现在成了工厂！"

扶着儿子，我泪眼浑浊，一双眼窝

比当年的父亲凹得更深

因着所谓"中国诗歌要向世界诗歌靠拢"的论调的鼓噪，今天的现代汉语正逐步滑向片面追求形式或技巧。此刻来读一读姜桦的这首《回乡记》，尤为感慨良多。诗歌靠什么行走于世？又靠什么给人世以慰藉？玩弄词语游戏显然不行，临空蹈虚更会南辕北辙；一首真正能传诸久远的作品，最终还得靠情感——当然是那种上升为普遍意义上的、能引起受众共鸣的情感。这使我想起尼·斯特内斯库（罗马尼亚）说的一段话，"一首诗歌之所以有普遍的感染力，一方面是因为它结合一定的空间和特殊的民族文化对人类的普遍状况进行了探索，另一方面则在于它表现情感意境的独创和特殊的方式。"我们再转头读读《回乡记》的结尾——"多年以后，我再次回来／那片麦地已经没有了。'喏！／就是这里，现在成了工厂！'"地方还在，人是物非，真切、真实的感受，如刀刻一样凸显出来，如此醒目，以致过目成谶。

然而，姜桦并不矫情，更不煽情。相反，在诸多涉及亲情、爱情的作品中，他写得更为内敛和隐忍。因为但凡艺术，总得要寻求一个合适的形式来承载自己，诗歌尤其得讲究形神合一。"我喜欢那纠正冲动的原则。"（勃拉克）也许姜桦深谙此道，他才有意规避所谓的灵感和写作冲动，以一种更为平和的心态投入到诗歌的写作之中。

　　姜桦的另外一首有关爱情的作品也写得非常自信和自足：

靠近脖颈，你的肩胛
藏着星星尖锐闪亮的钢钉
靠近你的腰部，你芒果般下垂的小腹
昨夜，生出一河带斑纹的星星

靠近你的手，你细长的指甲
翻转过多少盛开的花朵
你手指绑着的石头、那被压碎的心
　　　　　　　　　　　——《靠近》

　　靠近，然而止于抵达。在永远的靠近中，完成一场近乎完美的俗世之爱。——这就是作品留给我们的画外音。这种"欲擒故纵"的言说方式委婉而又优美，意味也更为浓酽。里尔克曾就艺术之于人性愿望做过精细的研究，并有相当精辟的见解。他说，"艺术是万物的模糊愿望。它们希冀成为我们全部秘密的图像……以满足我们某种深沉的要求。这几乎是艺术家所听到的呼唤：事物的愿望即为他的语言。艺术家应该将事物从常规习俗沉重而无意义的各种关系里，提升到其本质的联系之中。"

这段话其实也暗示了重组语言的重要性。在姜桦寻求向"滩涂"之外的空间寻找写作诉求时，他的语言也发生了显在的变化。我们读他的《死在人间》，感觉到他的探索并非止于题材上的外拓和更新，而是在语言内部来了一场革命。这种变化非特是根本性的，更是一种对于"旧我"的扬弃和否定——

　　　重新站回到漆黑的人群
　　　为了能够再一次看清一些
　　　真实的面孔，我穿戴整齐
　　　故意将死亡提前演练一遍

　　　　　　　　　　　　——《死在人间》

　　"故意将死亡提前演练一遍"，这种提前演练的死，正是施太格缪勒所说的"巨大的死"——"正当那把人引向生活高峰的东西刚刚显露出意义时，死却在人那里出现了。这死指的不是'一般的死'，而是'巨大的死'，是不可重复的个体所完成或做出的一项无法规避的特殊功业。"

　　多么旷达、自信！非有洞穿人性之虚无的人不能做如此奇妙之想。人世虚妄，生存局促，也许，只有将死亡提前演练一遍，才可能放弃那些不应珍惜和留恋的人或物，轻装上路。以静默之爱说出消逝的那一部分，把爱过的东西再爱一遍。在这儿将"死亡提前演练"，作为诗人，姜桦何不是在探测人生之深渊几何？

　　（作者系中国作家协会会员，著名诗人、诗评家）

春夜帖（代后记）

记住一个人的一生
可以在一块石头上刻上他的名字
要留住一个春夜，你
只要轻轻一声：嘘——

用大半辈子光阴
学会干净而热烈地活着
在人间，我有比天空更高的梦想
比瓦砾更破碎的命运——

姜 桦
2020 年，暮春，盐城

图书在版编目（CIP）数据

调色师 / 姜桦著. — 北京：中国民族文化出版社
有限公司，2021.1

　　ISBN 978-7-5122-1323-4

　　Ⅰ.①调…　Ⅱ.①姜…　Ⅲ.①诗集－中国－当代
Ⅳ.①I227

中国版本图书馆CIP数据核字（2020）第257652号

调色师

作　　者：姜　桦

责任编辑：张　宇

出　版　者：中国民族文化出版社　　地址：北京东城区和平里北街14号
　　　　　　邮编：100013　　联系电话：010-84250639　　64211754（传真）

印　　装：三河市金元印装有限公司

开　　本：710mm×1000mm　　1/16

印　　张：16

字　　数：200千

版　　次：2020年12月第1版第1次印刷

标准书号：ISBN 978-7-5122-1323-4

定　　价：68.00元